David Coimbra
Ilustrações de Gilmar Fraga

Texto de acordo com a nova ortografia.

Capa e ilustrações: Gilmar Fraga
Revisão: Bianca Pasqualini e Marianne Scholze

CIP-Brasil. Catalogação-na-Fonte
Sindicato Nacional dos Editores de Livros, RJ

C633j

Coimbra, David, 1962-
  Jô na estrada / David Coimbra; [ilustrador Gilmar Fraga]. – Porto Alegre, RS: L&PM, 2010.
  200p. : il.

  ISBN 978-85-254-2072-5

  1. Ficção brasileira. I. Título.

10-3790.   CDD: 869.93
                                   CDU: 821.134.3(81)-3

© David Coimbra e Gilmar Fraga, 2010

Todos os direitos desta edição reservados a L&PM Editores
Rua Comendador Coruja 314, loja 9 – Floresta – 90220-180
Porto Alegre – RS – Brasil / Fone: 51.3225.5777 – Fax: 51.3221.5380

Pedidos & Depto. Comercial: vendas@lpm.com.br
Fale conosco: info@lpm.com.br
www.lpm.com.br

Impresso no Brasil
Primavera de 2010

JÔ NA ESTRADA

Capítulo 1

Aos 33 anos, Jô sorvia o auge da beleza da mulher. A maturidade, em vez de lhe murchar a pele, dera personalidade às linhas do seu rosto. O marido, Fábio, era o único homem que já a tocara na vida.

O único.

Jamais as mãos de outro homem haviam lhe apalpado as pernas longilíneas, nenhuma outra boca masculina havia provado o sabor de seus seios rijos. Jô, não fosse por Fábio, seria uma fruta não colhida.

Fábio era vinte anos mais velho do que ela. Conhecia-a desde os seus tempos de menina. Tinham sido vizinhos, ele a vira crescer. Acostumara-se a vê-la brincando com seu irmãozinho pequeno, Lucas, dezoito anos mais novo do que ele. Sempre a olhou como a uma criança.

Até certa noite de verão.

Ela, então, estava com dezessete anos. Fábio a viu chegando em casa às duas da madrugada de um sábado. Jô movia-se com graça dentro de um vestidinho roxo, curto, suave como uma brisa matinal.

E botas pretas.

Fábio adorava botas pretas. Sentiu a boca secar.

Ficaram conversando até de manhã. Despediram-se com um ávido beijo na boca. No dia seguinte, começaram a namorar. No início foi um escândalo entre as duas famílias e no bairro inteiro. Depois, todos se acostumaram a vê-los juntos.

Namoraram.

Casaram.

Tiveram filhos. Dois. Alice, de treze anos, e Pedro, de doze.

A vida de Jô parecia perfeitamente ajustada e estável. Uma vida de dona de casa moderna, que ia à academia todos os dias, dispunha de empregada doméstica e ganhava algum dinheiro fazendo pequenos trabalhos como freelancer para revistas e assessorias de imprensa, jornalista que era.

Sim, tudo ia muito bem na sua rotina.

Mas um dia ela resolveu ir embora.

Bem. Ir embora é uma imprecisão. Jô decidiu, apenas, sair sozinha. Queria viajar sem rumo, sem planos, sem destino fixo e sem telefone celular. Queria aventurar-se uma vez na vida. Queria ter o dia só para ela. Não deixara de gostar do marido, apesar de não ter certeza se ainda o amava. Também não tinha nenhum problema com os filhos ou com a vida em família, nada disso. Jô queria apenas ser ela mesma, e só ela, pelo menos por algum tempo. Quanto tempo? Não sabia. Sua ideia era pegar o carro, algumas roupas, um dinheiro que havia economizado, e ganhar a estrada.

– Para onde? – insistia Fábio, angustiado, quando ela comunicou suas intenções à mesa do jantar. Passava da meia-noite e os filhos estavam dormindo.

– Não sei... – Jô sorveu um gole do tinto chileno que havia acompanhado o filé à *poivre* minutos atrás. – Só quero sair por aí, sem destino...

– Mas é perigoso, Jô!

– Nunca fiz nada perigoso. Qual foi o escritor que disse que "viver é perigoso, ou não é nada"?

– Filosofia numa hora dessas, Jô?!

– Não estou fazendo nada de errado – Jô continuava calma, apesar de perceber a crescente irritação de Fábio.

– Só está nos abandonando, só isso!

– Não estou fazendo nada disso. Você deve encarar a minha decisão como se estivesse tirando umas férias.

– Sozinha! Para lugar incerto e não sabido! Incomunicável!

– Só por um tempo...

– Quanto tempo???

– Não sei, já disse!

Fábio se levantou, irritado. Marchou para o quarto, pisando firme, bufando. Não se falaram mais até a manhã seguinte, o dia da partida.

A despedida foi emocionada, não poderia deixar de ser. Jô tentou ser breve, procurou não ser compassiva. Não adiantou. Mesmo tendo dito aos filhos que ia apenas sair de férias, eles suspeitaram de que havia algo estranho no ar. Alice começou a chorar, Pedro também. Logo estavam todos chorando abraçados. Mesmo assim, Jô teve forças para se despegar deles, embarcar no carro e ir embora. Precisava fazer isso agora, ou não faria nunca mais.

Dirigia chorando. Em alguns minutos, rodava na estrada. Abriu o vidro da janela, sentiu o vento no rosto e aquilo foi como uma bênção. Percebeu que, pela primeira vez na vida, podia se considerar realmente livre.

Capítulo 2

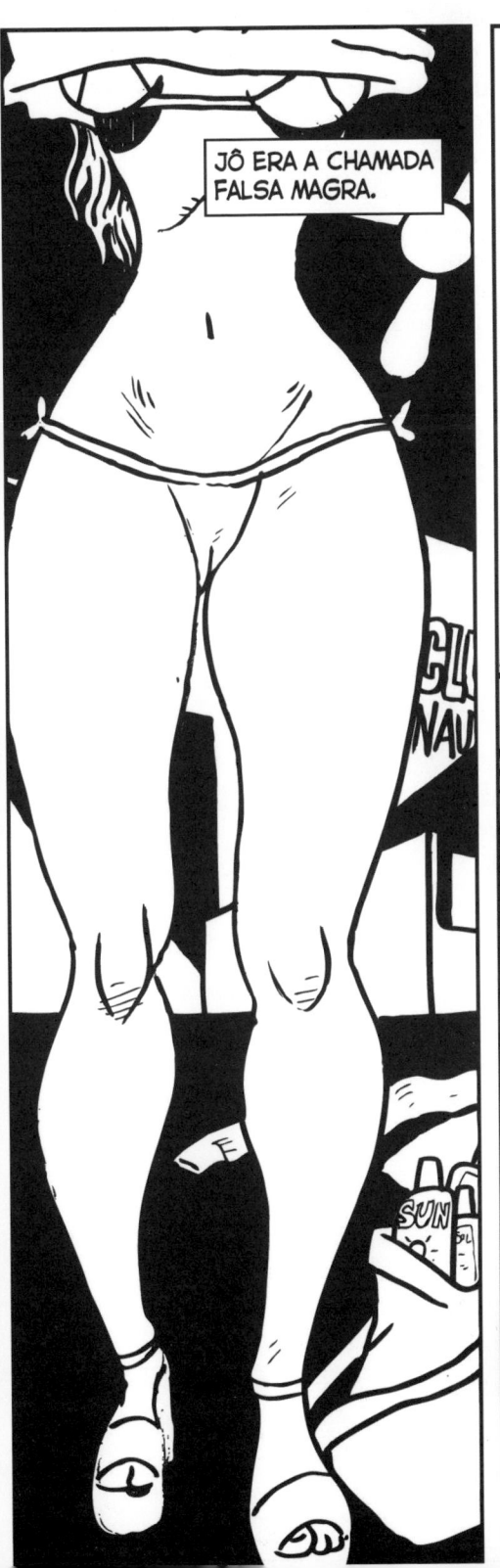

JÔ ERA A CHAMADA FALSA MAGRA.

EMBORA NÃO FOSSE ALTA, TINHA PERNAS COMPRIDAS. SEUS SEIOS ERAM PEQUENOS, PORÉM RIJOS. O DESTAQUE FICAVA PARA AS NÁDEGAS. REDONDAS, EMPINADAS, ORGULHOSAS.

Depois de casada, desabituou-se a usar roupas chamativas. Por isso, vestida, não chegava ao ponto de fazer um homem virar a cabeça na rua. Mas quando entrava em um biquíni, os corações masculinos sofriam taquicardia. Isso que Jô nunca fora ousada em seus trajes praianos. Preferia ser comportada. Discreta. Uma mãe de família.

Agora, para a sua aventura pelo Brasil, Jô resolveu que até nas roupas seria diferente. Sem que Fábio soubesse, foi aos poucos comprando as peças que levaria para viajar.

Decidiu que passaria a noite naquele lugar. Escolhera-o ao acaso, que era assim que iria escolher tudo em sua viagem. Vinha passando pela BR-101, viu uma placa indicando a praia e entrou. Decepcionou-se um pouco: era uma praia reta, no estilo dos balneários gaúchos, não parecia integrar o típico litoral recortado catarinense. Ainda assim, vestiu seu biquinizinho de crochê e pisou na areia. Foi uma comoção. Homens e mulheres de todas as idades lamberam-na com o olhar, eles cobiçosos, elas invejosas. Jô sentiu-se atraente e desejável como jamais se sentira na vida.

E isso era bom.

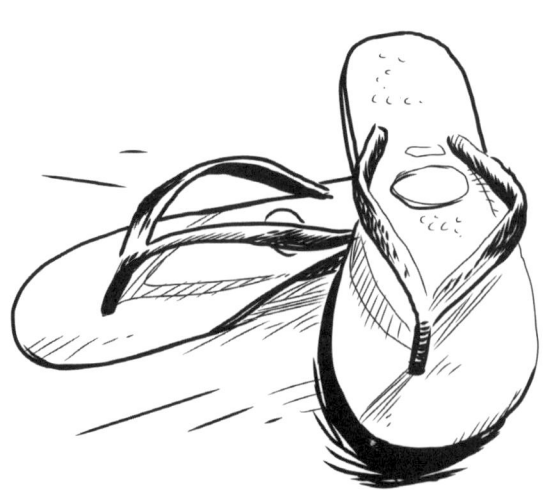

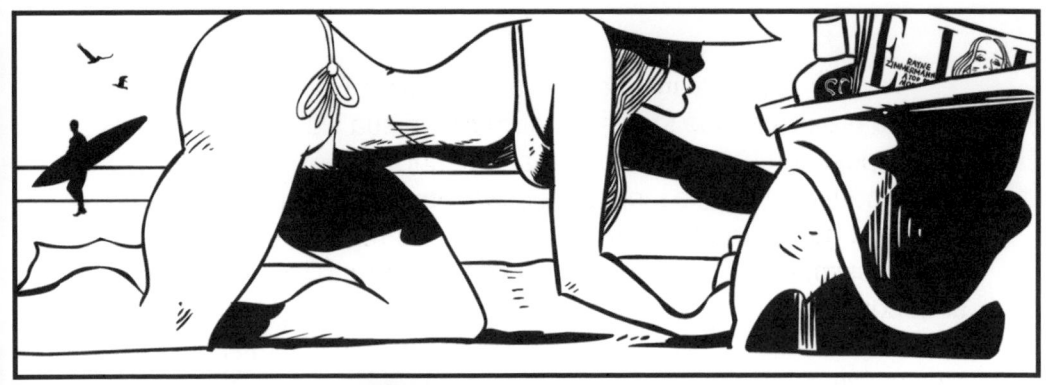

ESTICOU UMA TOALHA NA AREIA. ESTENDEU-SE LANGUIDAMENTE SOBRE ELA. TIROU O TUBO DE PROTETOR SOLAR DA BOLSA E COMEÇOU A BESUNTAR O CORPO. PRECISAVA PROTEGER BEM A PELE ALVA, DE LEITE. BRONZEAVA-SE COM RAPIDEZ, MAS TAMBÉM QUEIMAVA-SE COM FACILIDADE. ESTAVA ESPALHANDO A LOÇÃO PELAS PERNAS MACIAS, QUANDO OUVIU A VOZ MASCULINA:

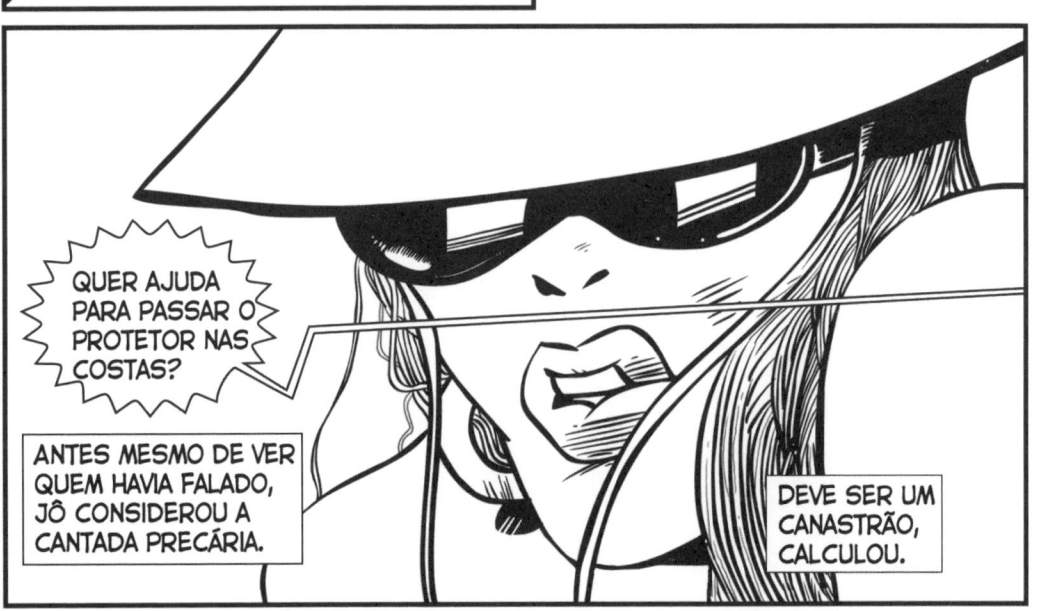

QUER AJUDA PARA PASSAR O PROTETOR NAS COSTAS?

ANTES MESMO DE VER QUEM HAVIA FALADO, JÔ CONSIDEROU A CANTADA PRECÁRIA.

DEVE SER UM CANASTRÃO, CALCULOU.

AO VIRAR-SE, MUDOU DE IDEIA.

ALI ESTAVA UM RAPAGÃO MORENO, BELO E MUSCULOSO COMO UM MACISTE. E O PRINCIPAL: JOVEM. DEVIA TER O QUÊ? VINTE E QUATRO ANOS? MENOS, TALVEZ?
JÔ SENTIU-SE LISONJEADA POR ATRAIR UM HOMEM DAQUELA IDADE. SERÁ QUE ELE SABIA QUANTOS ANOS ELA TINHA? SORRIU. OFERECEU-LHE O TUBO DE PROTETOR SEM DIZER PALAVRA E DEU-LHE AS COSTAS. EM DOIS SEGUNDOS, SENTIA AS MÃOS FIRMES DO RAPAZ A LHE MASSAGEAR COM CARINHO, PORÉM COM DECISÃO.

Capítulo 3

Jô usufruiu cada movimento das mãos do rapaz em suas costas e ombros nus. Quando ele terminou, ela lhe tomou o protetor das mãos e sorriu:
— Obrigada.
— De nada — ele lhe ofereceu a mão. — Meu nome é Ricardo.
— Prazer. Jô.
— Posso me sentar um pouco aqui ao seu lado?
— Por favor.

Começaram a conversar. Na verdade, Ricardo falava, Jô ouvia e, vez em quando, sorria. Ele tinha 22 anos. Só 22 anos... Jô exultou. Como era bom saber-se capaz de atrair um garotão sarado como aquele. Ricardo trabalhava na empresa do pai, uma cerâmica situada na cidade próxima, Criciúma. Rico, provavelmente. Um playboy, possivelmente.

— Até quando você fica por aqui? — perguntou.

Ela deu de ombros:
— Não sei. Talvez vá embora hoje mesmo.
— Há um bom hotel em Criciúma, a vinte minutos daqui. Você poderia se hospedar lá e, à noite, ir à festa que vou dar na minha casa.
— Festa?
— É. Vai ser um festão. Com tudo que há de bom... — ele pingou reticências significativas neste "tudo que há de bom". — Vou lhe dar o nome do hotel, o meu endereço e o meu telefone. Se você ficar, não vai se arrepender.
— Vou pensar.
— Com carinho, por favor.
— Vou pensar.

Depois de receber o convite, Jô deu mostras de que se desinteressara pela conversa. Ricardo foi sensível o suficiente para compreender sua mudança de comportamento, pediu licença e se foi, voltando a insistir para que ela ficasse na cidade. Jô repetiu:
— Vou pensar.

A seguir, deitou-se de bruços na canga e sentiu o calor do sol espraiando-se pelo corpo seminu. Era uma sensação relaxante e sensual. Deveria ir àquela festinha de playboys? Ou deveria seguir caminho pelo litoral catarinense?

Raciocinou: o que era mais seguro? Ficar ou seguir adiante? Não precisou de mais de dez segundos para concluir que o mais seguro era ir adiante.

– Então vou ficar – disse em voz alta para si mesma.

E riu alto da sua louca decisão.

Capítulo 4

O quarto do hotel até que era razoável. Tinha o que deve ter um quarto de hotel: banho caudaloso e quente, dos que lavam os pecadilhos do dia; cama confortável e larga, das que reconfortam consciências nem sempre cristalinas; espaço para que até os egos mais vitaminados possam se movimentar; e, o mais importante, a limpeza das vidas virtuosas.

Jô não era o tipo de mulher que precisasse de aparelho de TV com centenas de canais, ou de sala de fitness ou de piscina, nenhuma dessas amenidades. Passaria apenas um dia ali, afinal.

Não achou a cidade bonita, aquela Criciúma. Simpática, sim. Uma cidade de tamanho médio, 150 mil habitantes talvez, mas com certa agitação de um centro importante. Decidiu que na manhã seguinte, antes de seguir viagem, rodaria um pouco pelo lugar.

NOS PÉS NÚMERO 36, CALÇOU BOTAS DE CANO ALTO, TAMBÉM PRETAS. HOMENS GOSTAM DE MULHERES DE BOTAS, PENSOU, LEMBRANDO-SE DO MARIDO FÁBIO, MAS, MAIS DO QUE DEPRESSA, ESPANTANDO A LEMBRANÇA PARA ALGUM ESCANINHO CLANDESTINO DA MENTE.

Olhou-se no espelho. Definitivamente, achava-se apetecível.

Ligou para Ricardo para descobrir como ir à festa.

– Eu busco você – disse ele.

– Não precisa.

– Faço questão.

– Tenho meu próprio carro. E não quero tirá-lo dos seus convidados.

– Por favor. Eu insisto.

– Imagina, você sair da sua própria festa para me buscar...

– Mando o motorista.

Motorista? O rapaz era mesmo um playboy. Jô gostou da ideia de andar em um carro com motorista.

– Está bem.

– Em dez minutos ele estará aí.

Promessa cumprida. Em dez minutos, um funcionário do hotel avisou por telefone que o motorista do doutor Ricardo a esperava na portaria. Jô pegou uma bolsa e saiu. Mirou-se no espelho do elevador. Ajeitou o cabelo mais uma vez. Achou-se linda. Sentia a excitação e o nervosismo produzidos pelo desconhecido.

Para sua decepção, o motorista não usava paletó nem gravata. Era um jovem de jeans, tênis e camisa para fora das calças. Não se surpreenderia se fosse um dos participantes da festa. Antes de entrar no carro, Jô hesitou: deveria sentar-se no banco da frente ou no de trás? Não precisou tomar nenhuma decisão. O rapaz abriu a porta de trás para ela. Jô ficou aliviada. Queria sentar-se atrás, só que sem parecer esnobe.

A viagem foi curta. O motorista não fez perguntas, não puxou conversa. Em poucos minutos, chegaram ao portão de uma casa realmente impressionante. Uma mansão que mais parecia um resort. O carro deslizou pelo jardim e parou diante da grande porta iluminada. Ricardo estava no alpendre, conversando com dois amigos, um copo de uísque na mão direita.

– Que bom que você veio! – saudou-a, quando ela desceu do carro. Os outros dois homens fincaram os olhares nas pernas de Jô. Ela sentiu-se ao mesmo tempo incomodada e lisonjeada.

Foram feitas breves apresentações. Jô ouviu o nome dos dois amigos de Ricardo e, no segundo seguinte, os esqueceu. Seu coração batia com força enquanto ela entrava na casa. A sala era grande, do tamanho de um apartamento de dois quartos. Estava tenuemente iluminada.

Garçons circulavam pelo local equilibrando bandejas de bebidas. Pequenos grupos espalhavam-se pelos cantos. Alguns casais beijavam-se com ardor. Havia um nítido clima de erotismo no ar. Jô sentiu-se inquieta. Não tinha mais tanta certeza de que havia tomado a decisão correta ao ficar.

Ricardo conduziu-a pelo braço até um sofá. Sentaram-se lado a lado. Ricardo estalou os dedos. Um garçom se materializou com um balde de champanhe e duas taças.

– Aceita uma Veuve Clicquot?

Uau, Veuve Clicquot, a coisa era mesmo séria.

– Por que não?

O garçom os serviu.

– Pode deixar o balde – ordenou Ricardo.

O garçom obedeceu e se desmaterializou em silêncio. Jô bebeu sua taça rapidamente. Queria relaxar. Ricardo começou a fazer-lhe perguntas. Jô tentava esquivar-se delas.

– Você é gaúcha?

– Pareço?

– Tem sotaque de porto-alegrense.

Jô bebeu mais um pouco.

– Está aqui a passeio?

– Ah... Prefiro não falar de mim...

Ricardo riu.

– Mulher misteriosa...

Jô continuou bebendo. Olhou em volta. Protegidos pela penumbra, os casais agarravam-se sequiosamente nos sofás espalhados pela sala. A música alta eletrizava o lugar. Alguns grupos dançavam em roda. Duas garotas ondulavam até o chão, cercadas por um grupo de homens muito animados com aquela performance.

As taças de champanhe surtiam efeito. Jô sentia-se relaxada e ligeiramente distraída. Mas não tanto a ponto de não perceber a mão de Ricardo aterrissando em seu joelho. Um turbilhão de sentimentos contraditórios a assaltou. O que era aquilo? Uma festa de embalo? Um swing? O que esperavam dela naquele lugar? Devia ceder? Devia entregar-se? Entrar no clima? Ou ir embora? O que devia fazer?

Capítulo 5

Enquanto a mão de Ricardo alisava o joelho de Jô ela não conseguia se mover, não conseguia nem falar. Estava dura, paralisada, quase em choque. Não esperava por aquele ataque direto.

Jamais outro homem, além do marido Fábio, havia sequer encostado o dedo em seu joelho. Aquela era uma região inexplorada do seu corpo. Na verdade, seu corpo inteiro era como que um santuário. Que ela bem gostaria de dessacralizar. Queria ser uma mulher completa, afinal. Uma mulher que soubesse qual era o gosto de pelo menos dois, e não apenas um, dos bilhões de homens que existem no mundo.

Não pretendia se vilipendiar, mas também não podia envelhecer tendo uma única experiência na vida. Fazia tempo que chegara a essa conclusão, só que não planejara quando fazer isso. Nem com quem. Devia ser com aquele desconhecido?

Esses pensamentos a perturbaram. Teria sido por isso que empreendera aquela viagem? Por sexo, tão somente? Não, não, logo afastou essa ideia da cabeça. Sexo não era o seu objetivo principal. Era importante, claro que era, mas ela queria muito mais do que isso. Queria... liberdade. Essa era a palavra: liberdade! E a liberdade só existe sem laços sentimentais.

A própria palavra, "laços", indicava como o sentimento aprisiona o ser humano. Ela queria continuar amando sua família e seus amigos, claro que sim, e queria continuar merecendo ser amada por eles, mas estava pedindo uma trégua, um momento só para si.

A mão de Ricardo agora subia pelas coxas de Jô. Ele continuava falando. Ela mal compreendia o significado das palavras. O que lhe importava era aquele toque. O prazer que lhe conferia. Sim, era preciso admitir: Jô estava sentindo prazer com aquela carícia suave e ao mesmo tempo decidida. Prazer, excitação, medo, tudo junto. A noção de que estava para cometer um pecado, de que fazia algo que não devia, aquilo a enlouquecia de desejo. A mão subiu um pouco mais. Ricardo aproximou-se de seu corpo. Jô sentiu o calor que emanava dele.

– Você é tão linda... – murmurou, a boca muito perto da sua boca. – Tão linda...

O coração de Jô batia aos pulos, sua garganta estava fechada, um leve tremor tomou conta de suas pernas, a mão de Ricardo agora já lhe explorava a região proibida da virilha, subia, subia, tão insinuante, tão macia, tão habilidosa, NÃO!

Jô ergueu-se de um salto.

– Não! – protestou.

Sentado no sofá, de olhos arregalados e boca aberta, Ricardo piscou:

– O que é que foi?

Jô não queria parecer uma menina idiota e assustada, mas também não queria se entregar. Não daquela forma, não tão fácil, não sem antes ser devidamente conquistada.

– Preciso ir ao banheiro – alegou, usando a primeira justificativa que lhe veio à mente.

ABRIU UMA PORTA ALEATORIAMENTE. ENTROU EM UM CORREDOR MAL ILUMINADO, COM DUAS PORTAS FECHADAS EM CADA LADO E OUTRA, AO FUNDO, SEMIABERTA.

HAVIA PESSOAS LÁ DENTRO.

SONS ABAFADOS ADEJAVAM DO LOCAL E CHEGAVAM AOS SEUS OUVIDOS.

JÔ FOI SE APROXIMANDO, CURIOSA. O QUE HAVERIA ALI?

EMPURROU A PORTA COM AS COSTAS DA MÃO, DEVAGAR. DESLIZOU PARA DENTRO. E O QUE VIU A DEIXOU CHOCADA.

HAVIA UMA MULHER, UMA ÚNICA MULHER NO QUARTO.

ESTAVA NUA. ERA BELA. PERNAS E BRAÇOS LONGOS. CURVAS, JÔ VIU QUE TINHA CURVAS.

Capítulo 6

A mulher estava sobre uma grande cama. À sua volta, cinco homens, todos vestidos. Eles a acariciavam, eles a beijavam, eles a tocavam. Lambiam-na. A mulher gemia e ondulava em cima do colchão.

Jô ficou entre escandalizada e excitada ao ver a cena. Tentou não se mexer, não emitir nenhum som, não queria sequer respirar. Porque desejava muito continuar olhando, mas não queria de jeito nenhum que percebessem que ela estava ali. Encostou-se na parede, procurando mergulhar na escuridão. Pensou que, se não se movesse, ficaria invisível, se misturaria à mobília, ninguém olharia para ela.

De fato, eles estavam concentrados demais na mulher nua para desviar a atenção para o que quer que acontecesse em volta. Nenhum homem se despia, nenhum homem fazia menção de tirar uma peça de roupa que fosse. Continuavam apenas usando as mãos, os lábios e a língua. Não havia uma única parte do corpo da mulher que não explorassem, uma única parte que ficasse esquecida.

Jô respirava com dificuldade. Abriu bem a boca para sorver o ar. Não piscava, não conseguia pensar.

Por quanto tempo eles continuariam fazendo aquilo? Não pareciam ter pressa, não pareciam querer parar, e a mulher não protestava, não dizia nada, só gemia e gemia e gemia. Jô sentiu inveja dela. Queria ser assim desejada. Queria que cinco homens a tocassem ao mesmo tempo com tanta sofreguidão. Mas também não queria expor-se como ela se expunha. Não era uma vagabunda. Não! Não era uma vagabunda. Repetiu mentalmente: não sou uma vagabunda, não sou uma vagabunda, não sou uma vagabunda.

Em seguida, conjecturou: mas aquela mulher, ali, na cama, era uma vagabunda? O que ela estava fazendo de errado? Qual era o mal ali? Estavam apenas se divertindo, todos eles. Dando-se prazer. O que havia de ruim nisso? Aquela mulher, ela não mostrava que era livre, entregando-se ao prazer daquela forma?

Livre... Sim, aquela mulher era livre... Era uma mulher que não tinha vergonha do próprio prazer, das próprias fantasias.

Jô não podia julgá-la. Não, de jeito nenhum. Só porque tinham vidas diferentes? Seria ela, Jô, capaz de fazer o mesmo? De tirar a roupa e de unir-se a eles? Decerto que ninguém ali protestaria, se ela fizesse isso. Decerto que também a tocariam e a beijariam, como tocavam e beijavam todo o corpo da outra. A simples ideia daquele gesto fez sua cabeça rodar. Era demais para ela. Era demais...

Então, aconteceu algo que a expulsou de seus pensamentos. Uma mão pousou em seu ombro. Jô olhou para o lado e estremeceu.

Capítulo 7

Ele estava sem camisa. Foi a primeira coisa que Jô percebeu. Porque, naquele quarto, parecia ser regra que todos os homens permanecessem completamente vestidos. Ele avançou sobre ela, prensando-a contra a parede.

– O que você fez com a sua camisa? – Jô perguntou, nervosa.

Mal concluiu a frase, percebeu que aquele era um detalhe irrelevante, considerando-se a situação. Tão irrelevante que Ricardo nem se deu o trabalho de responder. Apenas grudou-se nela, peito contra peito, rosto contra rosto, sorrindo macio, porejando malícia. Jô sentiu o seu cheiro, e era bom. Jô levantou as mãos para afastá-lo, tocou-lhe o tórax nu, e foi bom também. Músculos. Ele devia passar horas na academia. Jô apertou aqueles músculos, sentiu-os nos dedos e nas palmas das mãos, e foi muito bom.

As mãos de Ricardo passearam por seu corpo, desceram-lhe pelos flancos, ilhargas abaixo, e imiscuíram-se sob o vestido. Jô emitiu um gemido baixo, contorceu-se, meio que tentando se livrar, meio que de prazer. Ricardo sabia onde tocar, e como tocar. Era hábil, devia ter feito aquilo mil vezes.

Jô respirava pesadamente, apertava os braços dele, ele lhe mordiscava o ombro, o pescoço, acariciava-lhe as partes internas das coxas, ela já não aguentava mais, ela ia se entregar, ia, então ouviu uma voz masculina vinda do outro lado do quarto, da cama:

– Traz ela pra cá!

Foi como se recebesse um tapa na cara. Jô gritou:

– Não!

E empurrou Ricardo com as duas mãos. Ele deu um passo para trás, os braços abertos:

– Ei!

Em um segundo, ela estava fora do quarto, afogueada, recompondo-se, caminhando velozmente corredor afora, sala afora, em direção ao jardim. Caminhou o mais rápido que pôde sobre os saltos altos das botas.

– Não sou uma vagabunda! – disse em voz alta para si mesma.

Cruzou pelos seguranças que vigiavam o portão de entrada sem sequer olhá-los.

– Moça! – chamou-a um deles.

Não respondeu. Zuniu rua abaixo. Pensava em Fábio, pensava nos filhos. Os três deviam estar sentados em frente à televisão, àquela hora, vendo um filme tirado da locadora. Ao imaginar a cena familiar, Jô sentiu-se egoísta, suja.

Seguiu caminhando pela calçada, até que atinou: não sabia onde estava. Parou. Olhou em volta. A rua era escura, as casas haviam sido construídas no fundo dos terrenos. Jô não via uma luz acesa. Não via ninguém. Olhou para trás, por sobre o ombro. Em que direção ficaria o centro da cidade?

Um carro passou e buzinou para ela. Vestida daquele jeito, deviam achar que ela era uma prostituta. Jô seguiu caminho, tesa, sem olhar para os lados. Ouviu o ruído do motor de outro carro que se aproximava. O motorista diminuiu a velocidade ao chegar perto dela.

– Ei! – chamou o homem. – Ô, gostosa!

Jô prosseguiu olhando para frente, pisando firme, tentando manter a postura. O carro se foi, enquanto dois rapazes gritavam pelas janelas:

Caminhava o mais rápido que conseguia com aqueles trajes. Caminhava sempre em frente, esperando que estivesse no caminho certo para algum lugar habitado, onde pudesse encontrar um táxi, um telefone, um posto de polícia, uma ajuda qualquer. Ouviu o som de outro carro que vinha detrás. O carro passou por ela. E parou. Estava a uns dez metros de distância. Jô estremeceu dentro do vestido. E agora?

Capítulo 8

Jô parou. Olhou para o carro estacionado ao lado do meio-fio. E agora? Devia sair correndo na direção contrária? Não... Não conseguiria correr dez metros em cima daqueles saltos.

Devia gritar? Talvez. Só que... quem a ouviria? Quem sabe continuar caminhando como se não fosse com ela? Mas a simples ideia de passar na frente daquele carro embrulhava-lhe as vísceras. Imaginou-se sendo agarrada na calçada, imobilizada por mãos brutas, atirada dentro do carro como um saco de aniagem e depois violada por sabe-se lá quantos homens sedentos de sexo.

Jô não sabia o que fazer.

Nada fez.

Continuou parada, próxima da fronteira do pânico, quando o motorista do carro tomou a iniciativa: engatou a ré e começou a recuar na direção dela. Jô abriu a boca, pasmada, paralisada. Aterrorizada. Jô estava à mercê daquele desconhecido, naquela cidade desconhecida, naquela rua escura e deserta.

Ele poderia fazer com ela o que bem entendesse.

Parada continuava quando o carro estacionou ao seu lado. O vidro do lado do motorista se abriu. Um homem de rosto redondo e olhos claros colocou a cabeça para fora.

– Moça? – perguntou.

Não havia ameaça ou malícia em sua voz. Ao mesmo tempo, uma mulher morena debruçou-se sobre o colo do motorista e também apareceu à janela.

– Ela está assustada – diagnosticou a mulher.

Em seguida, o vidro de trás se abriu. E o torso de uma menina de uns doze anos surgiu.

– Ajuda ela, pai – pediu a menina.

Pai. Tratava-se de uma família. Jô sentiu uma onda de alívio percorrer o seu corpo.

– Quer ajuda, moça? – quis saber o homem.

– Nós te damos uma carona – propôs a mulher.

Jô limpou com a mão o suor da testa.

– Graças a Deus!

– Entra – convidou o homem, destravando as portas do carro.

Jô abriu a porta traseira do carro. Entrou. Sentou-se ao lado da menina, que emitia um sorriso de simpatia.

– Muito obrigada! Muito obrigada mesmo!

– Nós vimos que você estava com problemas – falou a mulher.

– Estou mesmo. Eu não sou daqui.

– De Porto Alegre? – perguntou o homem, fazendo o carro arrancar.

– Meu sotaque me traiu?

– Ãrran.

– Vocês me salvaram. Eu nem faço ideia de onde estou.

– Não está muito longe do centro.

Jô informou em que hotel estava hospedada. Ficaram conversando. O homem tinha um nome engraçado: Adelor. Era jornalista. A mulher chamava-se Patrícia, trabalhava como dentista. A filha, sentada ao seu lado, era Alice.

– Minha filha também se chama Alice! – contou Jô, e o calor da ternura queimou-lhe o peito. Sentiu saudades da sua menina.

QUANDO ENFIM ENTROU EM SEU QUARTO, JÔ ATIROU-SE NA CAMA, AOS PRANTOS. JÁ NÃO SABIA SE HAVIA FEITO A COISA CERTA, JÁ NÃO SABIA SE QUERIA PROSSEGUIR NAQUELA AVENTURA, JÁ NÃO SABIA DE MAIS NADA.

OLHOU PARA O TELEFONE SOBRE A MESINHA DE CABECEIRA. DEVIA LIGAR PARA O MARIDO? DEVIA VOLTAR? DEVIA PEDIR PERDÃO POR SUA INSANIDADE? DEVIA, CLARO QUE DEVIA. ELA IA TOMAR AQUELE TELEFONE E LIGAR AGORA MESMO PARA CASA. CASA, CASA, COMO ERA RECONFORTANTE AQUELA PALAVRA, CASA.

Capítulo 9

Jô secou as lágrimas com a mão. Arrastou-se de bruços pelo colchão até o criado-mudo, onde estava o telefone. Fisgou o fone do gancho. Discou o número de casa. Nunca sentira tanta vontade de ouvir a voz do marido. Em segundos, lembrou-se dos momentos bons que passaram juntos, de como ele a tratava bem, da forma como dormiam abraçadinhos. Ondas de ternura a enlangueceram.

A família.

O que é mais importante do que a família? Nada, nada... E isso ela tinha. Tinha uma família unida, bonita, alegre, de pessoas que se amavam. Nada era mais valioso do que esse bem.

Teclou tão ansiosamente o número de casa que se confundiu. Teve que teclar de novo. O telefone chamou uma, duas, três vezes... Era tarde, deviam estar dormindo. Será que ela devia ligar de manhã? Não. Estava muito angustiada. Queria falar com Fábio agora. Avisar-lhe que voltaria para casa no dia seguinte. Que sua aventura havia terminado. O marido atendeu, enfim.

– A... alô?

A voz pastosa de sono. Coitadinho, pensou Jô. Dormindo sozinho em nossa cama, na certa abraçado ao meu travesseiro.

– Fábio?
– Jô?
– Sou eu!
– Aconteceu alguma coisa?
– Nada. Só estou com saudades.
– Que horas são?... É tarde...
– É que eu tinha de falar com você.
– Ah... – a voz dele assumiu um tom irônico. – Lembrou que tem família?

O deboche fez com que um leve arrepio de incômodo lhe retesasse a espinha.

– Nunca esqueci, Fábio.
– Não é o que parece. Está voltando de alguma festinha? Estava boa a balada?

– Para com isso, Fábio.

Agora a ironia dele a irritava em definitivo. Sabia que, com Fábio, quando a discussão chegava a esse ponto, não havia mais conserto. A conversa estava irremediavelmente perdida.

– Tinha muito macho na festa? – prosseguiu Fábio, cada vez mais sardônico.

– Para, Fábio!

– Algum deles está aí com você agora?

– Assim não dá, Fábio – Jô agora estava furiosa. – Vou desligar. Falamos outra hora.

– Tudo bem. Você é quem sabe.

– Tchau!

– Tchau!

Desligou. Levantou-se de um salto. Caminhou para um lado e para outro no quarto. Como Fábio podia ser tão idiota??? E ela se sentindo culpada. O que havia feito de mal? Qual era o problema de viajar sozinha? De ter um tempo só para ela? Aquela noite era a prova de que não pretendia fazer algo de errado. Puxa!

Estava decidido: continuaria a viagem. Faria tudo o que havia planejado durante tanto tempo. Não se reprimiria mais. Toparia o que viesse pela frente. Iria seguir o seu caminho.

Dormiu bem. Acordou ainda melhor. Depois de um suntuoso café, embarcou em seu carro e tomou a estrada para o norte, sem destino certo, sem planos, apenas com a vontade de viver, viver, viver! Alguns quilômetros adiante, novas aventuras a aguardavam, ela estava convencida disso.

Capítulo 10

Praia da Gamboa.
Jô lembrou-se de que ela e Fábio tinham passado alguns dias nesta prainha, antes de casar. Foi um tempo louco. Fábio a possuía com uma fome naqueles dias, com uma volúpia, um desejo que a enlouquecia. Todo aquele ímpeto foi arrefecendo com o tempo. Depois dos filhos, passavam semanas, até meses sem fazer sexo. O que havia acontecido? Será que era assim com todo mundo?
Enquanto dirigia seu Fiesta branco, Jô tentava recordar-se da última vez que tiveram uma noite vagamente parecida com aquelas doidices que haviam cometido na Gamboa. Nunca mais...

O SOM DE UM RAP AMERICANO ADEJAVA DO RÁDIO DO CARRO. JÔ ODIAVA RAP. MUDOU DE ESTAÇÃO. RECONHECEU DE PRONTO A VOZ MACIA DO NEI LISBOA.

TODAS AS BOBAGENS QUE JÁ DISSE DARIAM PRA ENCHER UM CAMINHÃO,

MESMO ASSIM ENCONTRO NO CAMINHO MILHARES MAIS OTÁRIOS DO QUE EU...

Jô suspirou. Também ela vivia dizendo bobagens e também ela conhecia milhares de otários que a superavam em estupidez. Decidiu que iria para a Gamboa. Aquela praia tinha uma energia... Ela não sabia exatamente o que era, mas sentia algo poderoso naquela praia.

Rodou mais alguns quilômetros e dobrou à direita. Devia ir para uma pousada? Ou alugar uma casa? Melhor: não faria nem uma coisa, nem outra. Pelo menos não imediatamente. Antes de tudo, queria aproveitar o dia. *Carpe diem*, como cantou um dia o poeta Horácio.

Ao chegar à Gamboa, estacionou numa ruazinha calma, tirou o biquíni da mala e trocou-se no carro. Foi direto para a praia. Sentiu a areia quente sob os pés e ondulou direto para a água. Precisava tomar um banho de mar. Atirou-se n'água e nadou em paralelo com a areia da praia. Como era bom. Oh, aquilo era a felicidade...

À altura de um pequeno quiosque, Jô saiu da água e, feliz e ofegante, caminhou pela areia até o balcão. Além da atendente, uma senhora baixa, de cabelos grisalhos, havia apenas mais uma pessoa no lugar: uma mulher. Jô pensou que nunca tinha visto um bar só com mulheres. Sempre havia homens nos bares.

A OUTRA ERA UMA LOIRA MAGRA E ALTA, BEM MAIS ALTA DO QUE JÔ.

DEVIA TER PERTO DE METRO E OITENTA. MUITO BONITA. TALVEZ UMA MODELO.

VESTIA UMA CAMISETA BRANCA SOBRE O BIQUÍNI E TOMAVA GOLES DE CAIPIRINHA POR UM CANUDO DE PLÁSTICO. ESTAVA SENTADA À FRENTE DE UMA TOSCA MESINHA DE MADEIRA, AS LONGAS PERNAS CRUZADAS PARA O LADO, OS PÉS DELGADOS ABANANDO SEM COMPROMISSO.

— Uma cerveja bem gelada — pediu Jô no balcão, e só o fato de ter feito aquele pedido tipicamente masculino fez com que se sentisse livre.

— É pra já — disse a atendente, dirigindo-se para o freezer.

Jô virou-se de costas para o balcão. Notou que a loira a observava. Seus olhares se cruzaram. A loira sorriu um sorriso cheio de dentes brancos como o seu Fiesta. Jô retribuiu o sorriso.

— Gosta de camarão frito? — perguntou a loira, apontando para um prato de camarões sobre a mesa.

— Gosto.

— Quer sentar? — a loira puxou uma cadeira.

Jô vacilou. Será que havia algo de sexual naquela abordagem? Uma mulher tão bonita como aquela loira... Tão... feminina... Não podia. Estava apenas sendo amistosa. Mas, ao mesmo tempo, Jô sentia em alguma parte da alma certa tensão sexual vindo da outra. O que devia fazer? Devia aceitar o convite?

Aceitou.

Tomou a garrafa de cerveja e o copo e sentou-se.

Começaram a conversar e não pararam mais. Em uma hora, eram as amigas mais íntimas. Continuaram bebendo e petiscando tarde afora. Trocaram suas histórias. Jô contou tudo a ela. Sua aventura solitária, sua vida de mãe de família, as loucuras dos últimos dias. Sentia por Maia, esse o seu nome, sentia por Maia uma proximidade inédita. Nunca ficara tão à vontade com alguém que recém conhecera. Ou talvez fosse simplesmente a necessidade de falar com alguém, sobretudo alguém que não a conhecia, que não a julgaria por seu passado.

Maia era carioca, mas morava em São Paulo. Tinha 27 anos e parecia uma mulher livre. Livre como Jô gostaria de ser. A noite começara a cair atrás dos morros que circundavam a prainha, quando Maia tomou a mão de Jô e sussurrou:

— Tenho uma confissão e uma proposta a fazer.

Jô empertigou-se na cadeira. O que ela queria falar? Seria algo que pudesse atrapalhar aquela amizade que começava?

Capítulo 11

A mão de Maia era macia. Acariciava com gentileza infinita a mão suada de Jô. Isso a irritava, à Jô: o suor somado ao toque. Era um problema que tinha. Suava com abundância em mãos e pés, e quase que só em mãos e pés.

Quando alguém queria apertar-lhe a mão em cumprimento, Jô se agastava de leve, tentava esquivar-se, trocar o cumprimento por um abraço, um beijo, um toque no ombro, tudo para que a outra mão não sentisse o suor da sua mão. A mão de Maia parecia não sentir. Premia-lhe a mão com suavidade e sorria com seus dentes resplandecentes sem falar o que pretendia propor e o que desejava confessar.

Jô puxou a mão à guisa de agarrar o copo de cerveja. Bebeu um gole. Estava definitivamente tonta.

– O que você quer falar? – perguntou.

Maia empertigou-se. Grudou as costas no encosto da cadeira.

– Em primeiro lugar, a proposta.

Jô abriu mais os olhos, curiosa.

– É o seguinte: eu aluguei uma casinha aqui na beira da praia. Estou sozinha ali por dez dias e tenho mais dez já pagos. Que tal passarmos esses dez juntas?

Jô ficou em dúvida. Não achava ruim a ideia de dividir uma casa com ela, mas será que havia alguma conotação sexual na proposta? Não tinha nada contra gays, mas ela não era uma, não mesmo. Gostava de homem, mesmo que até então houvesse experimentado apenas um deles.

Maia parecia uma boa pessoa e também parecia ser de confiança, mas, ora, Jô havia bebido, sua capacidade de julgamento estava afetada. Além disso, recém tinham se conhecido, sabe-se lá o que a outra poderia ser ou querer. Decidiu dar-se mais um tempo para se decidir. O tempo de ouvir a confissão a que Maia se referia.

– O que você queria confessar?

– A confissão... – Maia sorriu. Suspirou. – Bom. Como já disse, sou carioca. Algum tempo atrás uma amiga minha arranjou trabalho em São Paulo. Nas férias, ela voltou ao Rio e nós nos encontramos. Ela estava ótima, com carro novo, havia dado entrada em um apartamento e vestia roupas lindas. Disse que ganhava muito bem. Estranhei, porque ela não tinha nenhuma profissão, não era formada em nenhuma faculdade. Aí ela me contou o que fazia.

Jô pressentiu o que viria a seguir.

– Ela era prostituta? – arriscou.

Maia abriu ainda mais o sorriso.

– De luxo.

Jô piscou. Começava a entender a coisa. Ela, Maia, devia ter sido convidada pela amiga para fazer o mesmo, e aceitara.

– E você também é – acrescentou.

– Sou – disse Maia, sem vacilar. – Ela me convenceu a experimentar. "A gente fica com esses caras de graça, por que não receber pra isso?", perguntou. Achei que era um raciocínio interessante e topei ir lá uma vez. Acabei ficando. Bom... E aí? Agora você não vai aceitar o meu convite e dividir a casa comigo?

Jô bebeu mais um gole. Ela realmente não condenava Maia, não achava ruim o que ela fazia. Ao contrário: interessou-se pela história da outra. Queria saber mais.

– Você está enganada – falou. – Vamos para a sua casa. Vou adorar ouvir as suas histórias.

– Ai, que maravilha! – Maia tomou sua mão mais uma vez, para desagrado de Jô. – Vamos, então! Temos muito a conversar!

– Vamos!

Capítulo 12

Depois de cerveja e fritura, um pouco de sofisticação, afinal. Maia puxou da geladeira uma garrafa de champanhe gelada e um pote de morangos frescos.

Estavam as duas amigas de banho tomado, sentindo as peles macias de cremes hidratantes. Jô vestia um short leve de malha, branco, e uma blusinha azul-clara de alças. Calçava uma rasteirinha que o marido Fábio odiava e ela adorava. Maia metera-se num vestido curto, amarelo, que destacava seu bronzeado, e nada nos pés delgados.

– Adoro andar descalça – justificou.

Sentaram-se frente a frente em redes estendidas na varanda, entre os pilares que sustentavam o telhado e a parede da frente da casa. O calor da noite era aliviado pela brisa que soprava do mar. Maia falava com voz musical, quase infantil. Jô, que tinha a voz um pouco rouca, gostaria de falar daquele jeito. Imaginou que os homens deveriam tremer de paixão só de ouvir Maia falar.

Ouvia-a com atenção, degustando a champanhe devagar, mordiscando os morangos. Maia parecia muito sincera. O lugar em que trabalhava, contou, era especial. Não se tratava de uma dessas boates comuns, que são encontradas nas avenidas suspeitas das grandes cidades. Não. Era um clube fechado, privado, exclusivo, frequentado apenas pela elite de São Paulo, o que significava a elite do país. As meninas eram modelos e jovens atrizes em busca de complementação da renda e mulheres casadas que escapavam durante a tarde à caça de aventuras. Algumas, para preservar a identidade, usavam máscaras.

– Eu nem precisava botar máscara – disse Maia. – Mas botei. Sabe como circulo pelo lugar, às vezes? Com umas botas de salto alto e cano até aqui – agarrou a coxa com a curva feita pelo polegar e o indicador –, um biquíni menor do que estava usando hoje e máscara. Só.

– Uau!

– Ah, e peruca preta.

– Puxa...

– Olha: gosto de ver um homem alucinado por mim. De sentir o desejo dele. Não sei se você entende, Jô: é o desejo pelo desejo.

É um homem olhar para o seu corpo e querê-lo tanto, e sentir tanto tesão, que paga mil reais para ficar uma hora com você.

– Acho que entendo...

– No começo, confesso que tive medo. Minha amiga dizia que era tranquilo, que eu podia até escolher o homem com quem ficar. Se não o quisesse, podia dar uma desculpa, dizer que um outro cliente estava me esperando, e fugir. Mesmo assim, eu sentia medo. Podia pegar algum grosseirão, sabe-se lá. Mas até hoje tive sorte. Está certo que escolho: se o sujeito está muito bêbado, por exemplo, eu caio fora. Mas tenho pego homens decentes.

– Sorte mesmo, porque tem muito cafajeste por aí. Muito idiota.

– É que o lugar é muito bom.

– Como foi o primeiro dia?

– Ah, no primeiro dia não usei biquíni. Usei uma minissaia. Estava muito nervosa. Pedi pra minha amiga não sair de perto de mim. Ela foi a minha guia, a minha mestra. Praticamente escolheu o homem com quem eu ia ficar. Um sujeito de uns 45 anos, um empresário, bem vestido, simpático, bonito. Eu tremia quando fomos para o quarto. Mas ele foi legal, me tratou com carinho. Depois, contou que sabia que aquela era a minha primeira noite, minha amiga havia falado para ele. Acabou sendo legal. Claro, não quero ficar fazendo isso pra sempre, só até completar minhas economias.

Jô mal respirava ao ouvir a história de sua nova amiga. Não conseguia imaginar que havia um mundo como aquele, de mulheres de nível, inteligentes como Maia, seminuas e mascaradas, entregando-se por algumas centenas de reais. Para ela, as prostitutas eram todas umas pobrezinhas do interior, que tinham desembarcado na rodoviária sem saber o que fazer na cidade grande.

– Me diz uma coisa... – ficou em dúvida. Será que Maia ia se ofender com a pergunta?... Bom, ela estava sendo tão franca...

– O que é?

– Qual foi a maior quantidade de homens com quem você se deitou numa só noite?

Maia não pareceu nem um pouco incomodada com a pergunta.

– Ah, normalmente eu só faço um programa por noite. Mas uma vez fiz quatro... Menina, fiquei exausta – Maia apertou os braços contra o corpo. – Você não está com frio?

Realmente, a brisa ficara mais fresca, Jô volta e meia sentia arrepios.

– Estou.

– Espera um minuto.

MAIA VOLTOU COM UMA COLCHA. SENTOU-SE NA MESMA REDE DE JÔ E COBRIU A AMBAS.

– AGORA, SIM – SORRIU MAIA.

– FICOU MELHOR – CONCORDOU JÔ, SENTINDO O CALOR DO CORPO DA AMIGA E DA COLCHA.

EMBALARAM-SE EM SILÊNCIO POR ALGUNS SEGUNDOS, OUVINDO O BARULHO DO MAR.

– Estava pensando... – Maia falou, afinal.
– Quê?...
– Estava olhando para você na praia.
– Que é que tem?
– Você é muito bonita.
– Obrigada.
– Sabe... Você se daria bem lá em São Paulo.
Jô se aprumou.
– Como assim?
– Na casa em que eu trabalho.
– Você diz... Eu... fazer programa?
– Claro! Por que não? É aquilo que a minha amiga disse: a gente faz essas coisas de graça. Por que não cobrar?

JÔ ABRIU A BOCA, PASMADA. IMAGINOU-SE CAMINHANDO POR UM LUGAR MAL ILUMINADO, VESTIDA SÓ DE LINGERIE E SALTOS ALTOS, ENTREGANDO-SE A UM DESCONHECIDO.

SERIA CAPAZ DE TAL LOUCURA?

- NÃO QUER TENTAR? - INSISTIA MAIA. - SÓ POR UMA NOITE! QUE MAL TEM? NINGUÉM VAI RECONHECÊ-LA, VOCÊ PODE USAR UMA PERUCA LOIRA E UMA MÁSCARA.

E LENTES DE CONTATO AZUIS! VAI SER DIVERTIDO, JÔ!

Capítulo 13

Durante toda a vida, Jô pensara sobre esse assunto. Prostituição. Não que fosse algo que a obcecasse ou que minimamente a preocupasse, nada disso. Tratava-se apenas de uma fantasia recorrente.

Aquilo que Maia falara acerca do desejo animal dos homens, saber que podia ser capaz de despertar instintos tão básicos que um homem a possuiria sem sequer conhecê-la ou saber o seu nome, andar por um lugar seminua e ser avaliada pelos machos como uma escrava à venda, para ser tomada e usada de todas as formas, tudo era muito sensual, tudo era muito carnal, fazia com que se sentisse fêmea, mais até do que mulher. Quando alimentava essas fantasias secretas, repetia baixinho para si mesma:

– Queria ser uma cadela... Uma cadela...

Mas não passavam de fantasias. Jô nunca sequer cogitara de colocá-las em prática. E agora vinha Maia com ideias...

JÔ SEMPRE FORA COMPORTADA, SEXUALMENTE FALANDO. MESMO COM O MARIDO.

QUANDO NAMORAVAM ATÉ COMETIAM SUAS LOUCURAS, MAS NAQUELA ÉPOCA ELA ERA MUITO JOVEM, NÃO CONSEGUIA APROVEITAR TODAS AS SUAS POSSIBILIDADES.

Depois, quando ficou mais madura, quando estava preparada para se soltar e voar, o fogo entre eles havia se extinguido, o sexo tornara-se protocolar. Jô se conformava. Concentrava-se nos filhos, na vida familiar, nas saídas com os amigos, nos exercícios na academia, no seu trabalho, nas suas leituras...

Será que Fábio transava com outras? Será que frequentava prostitutas? Pagava para possuir mulheres como Maia? Jô tentava não pensar nisso, mas, quando a questão surgia em seu cérebro, convencia-se de que sim. Ele devia ir a boates escusas. Preferia não saber sobre essas intimidades do marido. Preferia não saber sobre sua vida sexual. Desde que ele tomasse cuidados, evidentemente.

E ela?... Bem, agora ela estava livre, pelo menos por enquanto, durante a sua aventura na estrada. Podia fazer o que quisesse, como quisesse, quando quisesse. Estava sozinha e livre. Mas aquilo que lhe propunha Maia... Talvez fosse demais. Porque certas fantasias se perdem, se são realizadas. Certas fantasias só são excitantes enquanto são fantasias. Se deixam de ser fantasias podem profanar quem as realiza. Jô não queria cruzar certos limites. Não.

Não.

Ou será que deveria? Será que não era seguro? Maia garantia que sim. Ela permaneceria incógnita, num lugar desconhecido, de máscara, o que era ainda mais excitante. Será que deveria?

Jô pensava, pensava... Olhou para a amiga deitada ao lado dela, na rede. Respirou fundo.

– Maia... – disse afinal, e a outra se empertigou com alguma dificuldade. – Eu não vou ficar dez dias aqui.

– Por que não? – protestou Maia.

– Calma – tocou no ombro da loira. – Tenho que seguir minha viagem. Vou ficar mais um tempo, depois vou adiante. Mas tem uma coisa: vou passar por São Paulo.

Maia sorriu:

– Vai me visitar?

– Vou.

– Promete?

– Prometo.

– Ai, que maravilha! Aí você vai lá comigo. No meu... trabalho, digo.

– Não sei. Neste caso, não prometo nada. Vou pensar, está bem?

– Mas você vai ficar lá em casa comigo pelo menos alguns dias.

– Isso eu vou.

– Ah, então já está bom.

Maia ergueu o torso e beijou-a no rosto. Depois, aninhou-se contra seu corpo. Jô permitiu que ela se aconchegasse e, com o pé, impulsionou a rede de leve. Ficaram assim, quietas, em silêncio, embalando-se docemente, ouvindo o bramido do oceano, até que adormeceram.

Jô despertou com as primeiras luzes da manhã. Maia dormira com a cabeça recostada em seu peito, como ela, Jô, às vezes fazia com o marido Fábio. Afastou a cabeça loira da amiga com gentileza, cuidando para não acordá-la. Levantou-se da rede. Espreguiçou-se. Caminhou até a parte da frente da casa.

O mar imenso abria-se diante dela. Jô inalou o ar marinho com vontade. Levantou o queixo para o céu. Olhou para o sol que nascia no horizonte. Pôs os pés descalços na areia. Caminhou alguns metros em direção ao mar que quebrava na areia. A manhã estava quente e fresca ao mesmo tempo.

ENTÃO, FEZ ALGO QUE HÁ MUITO TEMPO QUERIA FAZER, ALGO COM QUE SONHAVA DESDE A ADOLESCÊNCIA. TIROU TODA A ROUPA E ENTROU NUA NO OCEANO ATLÂNTICO. PULOU UMA ONDA, OUTRA E ATIROU-SE N'ÁGUA, ENFIM. NADOU GOSTOSAMENTE. SENTIA-SE FELIZ, FELIZ... ERA LIVRE COMO UM BICHO. COMO UM SER HUMANO DEVE SER.

NADAVA E BOIAVA, SENTIA OS RAIOS DO SOL E A ÁGUA ACARICIANDO SEU CORPO NU, E ASSIM PERMANECEU DURANTE ALGUM TEMPO. QUANTO, NÃO SABE. MEIA HORA, TALVEZ? UMA? QUANDO DECIDIU SAIR DO MAR, A SURPRESA. HAVIA UM HOMEM PARADO NA PRAIA, DE PÉ, PRÓXIMO ÀS SUAS ROUPAS. O HOMEM A OBSERVAVA, ERA EVIDENTE. QUANTO TEMPO DEVIA ESTAR ALI? JÔ FICOU PARADA, DE PÉ NA AREIA, A NUDEZ COBERTA PELO MAR, INDECISA.

Capítulo 14

O PRIMEIRO PASSO SEMPRE É O MAIS DIFÍCIL. É ASSIM QUE É: HÁ QUE SE TOMAR UMA DECISÃO, QUALQUER DECISÃO, PARA IR-SE EM FRENTE. DECISÃO TOMADA, JÔ CAMINHOU SEM VACILAR.

ENQUANTO AVANÇAVA, SEU CORPO NU IA SE DESVELANDO PARA QUEM ESTIVESSE NA PRAIA. QUEM, NO CASO, ERA UM SÓ.

AQUELE HOMEM PARADO A METRO E MEIO DAS ROUPAS QUE ELA DEIXARA ROJADAS NA AREIA.

Os seios rijos de Jô já estavam à mostra, os bicos dos mamilos duros de frio. Gostava de seus seios, embora não fossem grandes. Eram empinados e macios. O marido brincava que cabiam à perfeição dentro da mão dele em concha. Agora era a barriga pétrea de Jô que surgia da água, seu umbigo pequeno, as curvas suaves de suas ancas.

Em seguida, o púbis quase sem pelos, as coxas bem torneadas, as pernas compridas. A nudez de Jô ofereceu-se em toda a sua suntuosidade na areia. Ela marchava rumo às roupas. Ereta, decidida, sem medo do homem que a observava boquiaberto. Era um tipo escuro, barrigudo, de trinta e poucos anos. Estava sem camisa e descalço, com uma bermuda que lhe caía abaixo dos joelhos. No rosto levava uma expressão aparvalhada. Jô sentiu desprezo automático por ele. Não tenho medo de você, dizia para si mesma. Não tenho medo de nada!

Não sabia exatamente o que ia fazer, não tinha traçado planos ao dar o primeiro passo para fora d'água. Só sabia que não iria se intimidar com a presença do sujeito.

Então, algo aconteceu.

Um sorriso.

Dos beiços moles do homem brotou um sorriso de malícia. De deboche. Ele estava se divertindo com a cena. Aquilo a irritou. Jô rilhou os dentes e, a uns dez metros de distância, gritou com raiva:

– O que é que foi???

O homem levou as mãos à cintura, hesitante. Mas o sorriso débil continuava lá.

– O que foi??? – repetiu Jô, aos berros, avançando sempre.

Ele recuou um passo.

Jô sentia ódio daquele idiota. Por que ela não podia ter um momento só para ela? Por que não podia nadar nua numa praia deserta sem que um tarado imbecil ficasse olhando provocativamente? Achava que ela era uma vagabunda? Não! Ela não era uma vagabunda! Ela era apenas livre, era isso que ela queria ser e era isso que era! Sem que algum estúpido de bermudas lhe dissesse o que fazer, como fazer e quando fazer. Ela era livre, entende? Livre!

– Seu tarado! – gritou Jô, com fúria, correndo em direção a ele.
– Tarado desgraçado!

O homem, surpreso com a reação dela, deu meia-volta e, primeiro, começou a andar, olhando por sobre os ombros. Como Jô continuasse gritando e avançando para ele, o homem desatou a correr.

– Maluca! – gritou, em fuga. – Maluca!

E desapareceu nos cômoros. Ofegante, Jô estancou sua corrida, colheu as roupas da areia e, ainda nua, voltou para casa. Maia a recebeu na varanda, de pé, com um pano de prato nas mãos.

– Que gritaria é essa? – perguntou, mais curiosa do que assustada.

– Um idiota. Botei ele pra correr – disse Jô, passando ao lado dela, nua, com as roupas na mão, rumando para dentro de casa.

– Fiz café para nós – gritou Maia.

– Ótimo – respondeu Jô, sem se virar. – Estou morta de fome.

Minutos depois, à mesa do café, Jô contou o ocorrido na praia. Maia divertiu-se com a reação da amiga.

– Essa viagem está fazendo você virar uma mulher perigosa – comentou.

– É verdade – concordou Jô, orgulhosa. – Sou uma mulher perigosa.

Passaram todo aquele dia na praia, bronzeando-se, bebericando caipirinha de vodca, conversando, tomando banho de mar. À noite, Maia cozinhou. Preparou uma delicada salada de camarões e abriu um vinho rosé gelado. De sobremesa, *petit gateau*. Terminado o jantar, Jô anunciou:

– Vou seguir viagem amanhã de manhã.

– Oh...

– Mas nós vamos nos reencontrar.

– Promete?

– Prometo. Vou passar em Floripa. Lá mora uma velha amiga minha, dos tempos de faculdade. Ana Paula. Uma louca, você tinha que conhecê-la. Vou ligar quando chegar lá. Acho que ela vai gostar da surpresa.

– Queria tanto que você ficasse...

– Nos vemos em São Paulo. Juro.

– Tá bom...

Conversaram durante toda a madrugada, sentadas na cama de casal do quarto. Adormeceram, enfim, e, como no dia anterior, acordaram aos primeiros raios de sol. Jô tomou banho, enfiou-se num vestidinho floreado e calçou All Stars brancos. Arrumou suas coisas. Colocou a mochila no carro. Maia caminhou até a varanda.

Usava uma camiseta branca sobre a calcinha mínima. Estava descalça.

– Jô – chamou.

Jô foi até ela. Por algum motivo, o que Maia fez não a surpreendeu. A loira, mais alta do que ela, a enlaçou com os braços longos, puxou-a com doçura e beijou-a na boca. Jô permitiu que a amiga enfiasse a língua entre seus dentes, sentiu-lhe a maciez dos lábios, uma maciez que um homem não podia ter, sentiu-lhe o cheiro de fêmea e o toque de pele contra pele. O beijo a excitou de leve. Quando se despegaram, Jô desceu os degraus do alpendre e entrou no carro.

– Nos vemos em São Paulo – gritou.

– Vou te esperar – respondeu a loira.

Capítulo 15

Sentada numa cabine telefônica no centro de Floripa, Jô estendeu sobre a mesinha à sua frente o pedaço de papel em que escrevera o número do telefone de Ana Paula. Esperava que a amiga ficasse entusiasmada ao ouvi-la. Mas não. Não foi alegria que percebeu na voz de Ana Paula, mas tensão.

– Jô... Onde você está, Jô?

Jô não entendeu a pergunta. Acabara de dizer que chegara à cidade.

– Aqui em Floripa, Aninha.

– Você... Está sozinha?

Ana Paula falava sussurrado, como se não quisesse que lhe ouvissem.

– Sim, sozinha. Lembra que contei que pensava em fazer essa viagem? Pois é o que estou fazendo!

Fazia pelo menos dois anos que Jô e Ana Paula não se viam pessoalmente, mas volta e meia falavam-se por telefone. Eram amigas de faculdade. Jô fizera jornalismo, Ana Paula publicidade. Saíam juntas, trocavam confissões.

Ana Paula era uma maluquete divertida, engraçada, sempre envolvida com homens, todos eles homens errados. Jô se divertia com as histórias dela, às vezes a apoiava, às vezes lhe fazia uma censura mansa, sem jamais levar as loucuras de Aninha a sério, porque na verdade não eram sérias, eram apenas inconsequências. A amizade das duas se solidificou com os anos e não se abalou nem quando Ana Paula decidiu mudar-se para Florianópolis.

– Para fazer o quê? – perguntou Jô, já que a amiga só arrumava empregos subalternos de recepcionista ou secretária.

– Sei lá. Só sei que quero morar perto do mar.

Ana Paula mudou-se e, pelo que contava nas ligações, havia arranjado emprego numa agência de publicidade. Foi só para ela que Jô havia revelado seus planos de sair sozinha pelo país. Em Ana Paula confiava. E agora ela a recebia daquela forma. Muito estranho. Foi o que Jô lhe disse:

– Você está estranha...

Então lembrou que fazia pelo menos seis meses que não falava com ela. O que acontecera neste período? A voz de Aninha veio rouca e doentia do outro lado da linha:

– Jô... Você pode vir aqui?

– Claro! É para isso que estou ligando.

Ana Paula, sempre com a voz murmurada, forneceu-lhe o endereço na Praia Brava, Norte da Ilha. Jô desligou. Ficou alguns segundos sentada, pensando, tentando entender o que se passava. Suspirou, enfim. Tirou o fone do gancho outra vez. Ligou para casa.

Sabia que Fábio não estaria lá àquela hora, mas os filhos sim. Sentia-se ansiosa. Como eles reagiriam? Jô havia dado poucas explicações a eles quando foi embora. Disse apenas que precisava de umas férias, de ficar sozinha por um tempo, e partiu. Para sua surpresa, Pedro mostrou-se ressentido e Alice a apoiou.

– Você não vai voltar mais, mãe? – choramingou o menino.

– Claro que vou, filho. É só um tempo de férias!

– Volta logo, mãnhê...

Alice, ao contrário, estava empolgada com a aventura materna:

– Queria estar contigo, mãe!

– Da próxima vez nós vamos juntas!

Antes de se despedir, Jô perguntou pelo marido. Alice garantiu que ele estava bem.

– Fica tranquila, mãe. Aqui está tudo em ordem.

Era madura, a sua menina. Jô desligou o telefone sentindo-se em paz. Como amava seus filhos! Antes de rumar para o Norte da Ilha, para a Praia Brava, passou no Mercado Público. Queria ir a um lugar que conhecera havia algum tempo, o Box 32.

Ainda não era hora de beber chopes, mas Jô comprou um generoso naco de presunto Pata Negra. Tratava-se de um presunto especial. O porco passava a vida sendo alimentado com castanhas. Só comia castanhas. O resultado é que a carne ficava com um sabor de castanhas, uma delícia! Quando Fernando Henrique era presidente, provou uma porção de Pata Negra em sua visita ao Box 32 de Floripa. Gostou tanto, elogiou tanto o prato, que o proprietário do bar o presenteou com um pernil inteiro, embalado em papel alumínio. Fernando Henrique continuou seu roteiro pela Ilha e, na hora de embarcar de volta a Brasília, ia colocando o pé no avião, quando perguntou:

– Onde está o meu pernil?

Os assessores haviam esquecido o presente no Box 32. O presidente empacou. Disse que o avião só levantaria voo com o pernil dentro. Os assessores tiveram de atravessar meia ilha e ir até o Centro para buscá-lo.

Desde que soube dessa história, Jô passou a gostar ainda mais do Pata Negra. Comprou um bom pedaço para dá-lo de presente a Ana Paula.

Dirigiu sem pressa até o Norte da Ilha. Ao chegar à Praia Brava, se espantou: o endereço que Ana Paula lhe fornecera era uma mansão. Não esperava por tamanha suntuosidade. Aquela casa não podia ser resultado do salário de uma agência. A não ser que ela fosse a dona!

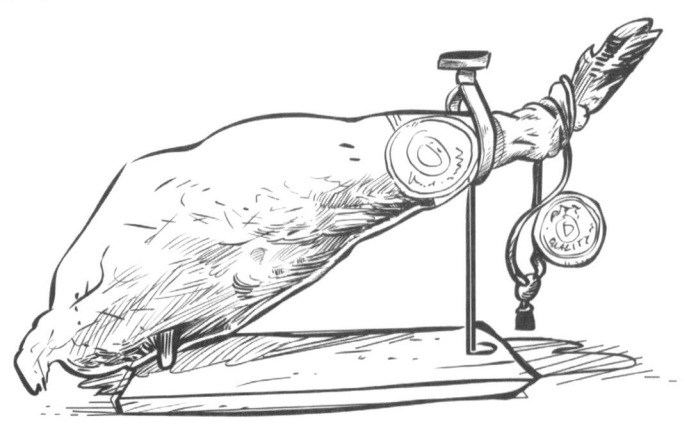

Por um momento, Jô achou que um mordomo ou uma governanta fossem abrir a porta, mas quem apareceu foi a própria Ana Paula. Jô olhou para a amiga parada à soleira da porta e se espantou:

– Mas, Aninha... Você está...

Aninha riu:

– Estou...

– Grávida!

Sim, a amiga estava grávida, mas sua aparência não era nada boa. Olheiras lilases lhe marcavam os olhos negros, o cabelo, também negro, caía-lhe espetado e cheio de pontas sobre os ombros. O rosto de Ana Paula, antes sempre tão vivaz e iluminado, agora tinha a pele seca, murcha e lívida. Aninha ficou parada à porta por alguns segundos, sem reação, até que falou, enfim. Na verdade, balbuciou:

– Jô...

– Aninha.

– Vamos sair daqui!

E caminhou para fora de casa, batendo a porta atrás dela.

– Aonde vamos? – Jô estava confusa.

– A um bar aqui perto. Onde está seu carro?

– Ali – Jô apontou para o carro branco estacionado em frente à casa.

– Vamos! – ordenou Ana Paula, quase correndo até o carro.

Entraram no carro e Jô, obedecendo às ordens de Ana Paula, dirigiu até o Bar do Pirata, à beira da praia. Sentaram-se a uma mesinha na areia. Jô pediu uma porção de torpedinhos de siri e uma caipirinha.

– Cerveja para mim – pediu Ana Paula.

– Você não devia beber – disse Jô.

– Não importa – Ana Paula falava com uma ansiedade, com uma pressa, com uma angústia que angustiava Jô.

– O que está acontecendo? – Jô quis saber.

Ana Paula olhou para os lados antes de responder, como se temesse ser ouvida por alguém.

– Eu estou em perigo – falou, finalmente, debruçando-se sobre a mesa.

– Perigo?

– Perigo de morte! Eu e meu bebê podemos morrer... Assassinados...

Capítulo 16

Em voz baixa, olhando para os lados, desconfiada, cheia de pausas e reticências, Ana Paula começou a contar o que se passava com ela. Ao mudar-se para Florianópolis, de fato, ela havia arrumado emprego em uma agência de publicidade. Frequentava festas, conhecia pessoas. Uma delas, Dob.

– Por que Dob? – perguntou, assim que um amigo os apresentou.

Ele não respondeu. Riu. Mudou de assunto. Mais tarde, ela descobriria com horror a razão do apelido. Naquele momento, o que lhe interessava era que Dob era um tipo atraente e, o melhor, interessante. Um homem de uns quarenta anos, com algo de grisalho nas têmporas, magro mas com musculatura definida, cerca de um metro e oitenta de altura, sorridente e com uma luz selvagem no olhar castanho.

Dob vestia jeans importado e camisa branca para fora das calças. Calçava botinas e, no pulso, amarrara um relógio que devia ser mais caro do que o carro que Ana Paula dirigia pela Ilha. Disse ser empresário, dono de uma revenda de automóveis. Separado. Dois filhos. Passou a festa conversando com ela, conseguindo o que de melhor um homem pode conseguir com uma mulher, quando quer conquistá-la: fazendo-a rir.

No fim da noite, convidou-a para uma taça de champanhe em seu apartamento nos altos da Beira-Mar Norte. Aninha topou, por que não toparia? Ali estava um homem aparentemente confiável. Não um garotão: um homem de verdade. Ao entrar no apartamento e afundar os saltos dos escarpins no tapete de quatro dedos de altura da sala, Aninha abriu a boca, e abriu-a ainda mais, e continuou abrindo-a até exclamar:

– Noooossa...

Pela beleza da decoração da sala, sim, mas sobretudo pela vista. Os janelões escancaravam o mar que rugia mansinho, as pontes que ligavam a Ilha de Santa Catarina ao continente, a avenida iluminada que margeava a praia. Aninha sentiu-se bem naquele ambiente. Sentiu-se viva. Quando se voltou para comentar a beleza da paisagem, encontrou Dob parado, sorrindo, com uma taça de Dom Pérignon em cada mão.

Brindaram. Beberam de pé, admirando a natureza privilegiada de Florianópolis. Assim que ela experimentou o último gole, Dob retirou-lhe a taça e a beijou com intensidade. Em dois minutos, ele explorava seu pescoço, fazendo-a retorcer-se de prazer. Em cinco, sua blusa aterrissara no tapete. Em dez, os polegares e os indicadores dele pinçavam as alças de sua calcinha. Em quinze, ela própria fora alçada nua por seus braços fortes, e ele a carregou através do corredor até o quarto, e a depositou com carinho sobre o colchão, e a possuiu com violenta gentileza. Aninha acordou nua e saciada. Tomaram café olhando para o mar e, a partir daquele dia, não se desgrudaram mais.

Parecia perfeito, até que Aninha começou a descobrir quem na verdade ele era.

Dob era um homem perigoso.

O homem mais perigoso que ela já conhecera.

A começar pelo apelido. Dob vinha de dobermann. Porque ele havia se tornado famoso por sua ferocidade.

Seus pais pertenciam à classe média-alta. Dob passara a infância e a juventude rodando de ano e sendo expulso de colégios particulares. Lutava jiu-jítsu e adorava experimentar novas técnicas de luta nos colegas de escola. Um dia, um garoto ousou assediar sua namorada. Não passava de um surfistinha de certa celebridade na escola. Dob esperou que ele saísse da aula. Arrastou-o para um terreno baldio. Surrou-o até que quase desfalecesse. Então, calçou uma soqueira de aço e anunciou:

– Tu é bonitinho, não é? Agora não vai ser mais.

E, sistematicamente, quebrou-lhe doze dentes, o nariz e o maxilar. Como ele prometera, o garoto deixou de ser bonitinho.

Aos vinte anos, Dob ingressou no mundo das drogas. Primeiro como consumidor, depois como fornecedor. Descobriu que nascera para fazer isso. Eventuais concorrentes ou maus pagadores logo entendiam por que ele era um dobermann. Ninguém sabia quantos homens tinham desaparecido sob o patrocínio de Dob, mas todos conheciam sua marca: ácido. Dob sentia prazer quase sexual ao desfigurar o rosto de um desafeto.

Todas essas informações Ana Paula foi colhendo ao longo de meses, tempo em que ficou envolvida demais com Dob. Mesmo assim, cogitava largá-lo. Mas não levava adiante a intenção por um único e sólido motivo: medo. Dob vivia repetindo, como uma ameaça:

– Nenhuma mulher me abandona. Nenhuma!

Ela entendia o que aquela frase significava. Mas planejava deixá-lo aos poucos, sem dor. Até que engravidou. Só que sua gravidez não era tão simples. Ao contrário: era muito, muitíssimo complicada. Era a razão de seu medo. Um medo que tinha razão de ser.

Capítulo 17

Não eram dois os filhos de Dob, mas três, com três mulheres diferentes. Na noite em que conheceu Ana Paula ele mentiu por saber que três filhos e três ex-mulheres assustam qualquer eventual pretendente. Havia ainda um quarto filho e uma quarta ex-mulher, mas, quando a criança nasceu, submeteu-a ao teste de DNA. Normal, no caso dele. Dob não confiava em mulher alguma. Não confiava em ninguém. Não tinha amigos, apenas sócios e ajudantes. E, naquele caso, suas suspeitas se confirmaram. Descobriu que o filho não era dele. E agiu. O nenê e a mãe desapareceram. Havia quem jurasse que o nenê não foi eliminado, até porque Dob repetiu várias vezes que a criança "não tinha culpa nenhuma". Outros falavam em um fim caridoso, como um estrangulamento rápido ou sufocamento, algo simples assim.

COM A MULHER NÃO HOUVE PIEDADE. USOU O ÁCIDO QUE TANTO APRECIAVA. REZAVA A LENDA QUE A AGONIA DELA HAVIA SIDO LENTA, QUE DOB COMEÇOU CORROENDO-LHE AS PARTES PUDENDAS, REPETINDO, ENQUANTO A TORTURAVA:

VOCÊ TINHA FOGO AÍ? TINHA FOGO? AGORA TEM DE VERDADE!

A mulher revelou a identidade do pai, que também não foi poupado e também conheceu o gosto do ácido. Dois assassinatos, no mínimo. Ele se transformava mesmo em um dobermann, quando provocado.

Era o que deixava Ana Paula desesperada.

– Porque o filho não é dele, Jô! – explicou, com lágrimas nos olhos, tirando um ó consternado da boca da amiga.

O verdadeiro pai era um colega de agência. Um tipo sedutor que passava os dias assediando-a. Aninha gostava de ser alvo das atenções dele, mas levava a coisa na brincadeira. O que acontecia entre eles era divertido, era engraçado e, de certa forma, inocente. Mais provocação do que sexo.

Uma noite, estavam os dois atrás de um balcão da agência, ela de pé, ele sentado. O chefe chegou e, do outro lado do balcão, começou a lhes passar instruções.

E aconteceu o inesperado.

Ana Paula, que usava um vestido verde até os joelhos, sentiu a mão do colega na sua perna, à altura da sua canela lisa. De início, aprumou-se de susto. Que ousadia! Tentou raciocinar. O que devia fazer? Denunciá-lo seria um exagero. Sabia que ele estava sendo apenas inconsequente, como de hábito, e não queria motivar sua demissão. Afinal, eram amigos. Podia simplesmente afastar-se com jeito, sem que o chefe percebesse o que estava acontecendo atrás do balcão.

Mas não foi o que fez.

Resolveu permitir aquele ataque surpresa, para descobrir até onde ele iria. E ele foi. A mão arteira foi subindo joelho acima, por entre a parte interna de suas coxas, até chegar à calcinha. Que ele habilmente afastou a fim de poder manipulá-la. Ana Paula ficou excitada como raras vezes na vida. Quando o chefe se despediu e saiu, entregou-se ali mesmo, no chão do escritório, onde experimentou uma inédita sucessão de orgasmos. Parecia que estava no cio, e estava mesmo. Naquela noite, Ana Paula engravidou. Não contou nada para o colega de escritório, até porque impediu que o caso fosse adiante. Ele bem que tentava, mas, depois daquela noite, ela se afastou irremediavelmente. Agora, grávida, ela só esperava pelo momento terrível em que seria descoberta por Dob.

– Vou ter que fazer o exame, Jô! E ele vai fazer aquilo comigo.

Começou a soluçar.

– Calma – Jô pedia, agarrando a mão da amiga. – Calma...

Mas como Ana Paula ficaria calma? Jô não sabia o que lhe dizer. Queria ajudá-la, mas de que forma???

– Você não pode voltar para Porto Alegre? – sugeriu.

– Ele sabe onde meus pais moram. Iria atrás de mim, e seria pior para eles.

– Aninha... – balbuciou Jô. – Vamos pensar numa saída... – mas sabia que não havia saída alguma.

Naquele instante, o celular de Ana Paula tocou. Ela emitiu um gemido de pavor:

– É ele!

Atendeu. Jô acompanhou a conversa ouvindo um único lado do diálogo. Aninha falava olhando para baixo, para o tampo da mesa, com a voz tensa porém audível.

– Oi, amor...

– ...

– Estou no Pirata, com uma amiga.

– ...

– Uma amiga de Porto Alegre, você não conhece.

– ...

– Jô. É. Você não conhece, já disse. Minha amiga da faculdade.

– ...

– Não.
– ...
– Não...
– ...
– Já estou indo, amor. Já vou já.
Desligou. Por pouco não saiu correndo.
– Temos de ir – apressou-se. – Me deixa em casa?
Pagaram a conta e saíram às pressas.
– Ai, Aninha... – Jô ia dizendo, no caminho, enquanto dirigia. – O que podemos fazer?
– Nada. Estou perdida. A não ser que consiga fugir desse teste. Como vou fazer pra fugir desse teste?
– Vamos pensar em algo! Vamos pensar em algo!
– Por favor, Jô. Você sempre foi tão inteligente... Me ajuda a achar um jeito de escapar desse teste!
– Vou ajudar. Juro!
O carro estacionou na frente da casa de Ana Paula.
– Não vou convidá-la para entrar – avisou Aninha. – Não seria bom.
– Não tem problema... Olha, eu vou continuar aqui. Vou ver se consigo um apartamento naquela pousada em que fica o Guga, na beira da praia. Vamos conversar amanhã, certo?
– Vamos – baliu Aninha, abrindo a porta do carro. – Vamos...

E saiu, desanimada. Caminhou devagar, com as pernas ligeiramente abertas, carregando a barriga com dificuldade. Parecia mais grávida do que quando saíram. Ainda não tinha tocado no trinco e a porta da frente se abriu. Um homem surgiu do lado de dentro da casa. Dob. Um sujeito atraente, sem dúvida. Jô entendia por que a amiga se interessara por ele. Dob falou algo com Ana Paula, e ela entrou. Da porta entreaberta, ele lançou um olhar agudo, que atingiu Jô em cheio. Aquele olhar a perturbou, por algum motivo que ela não sabia precisar. Ele fez menção de sair de casa e encaminhar-se na direção dela, mas Jô engatou a primeira e foi embora, quase em fuga, lembrando-se da recomendação que o velho senador Pinheiro Machado fez ao seu motorista, quando diante de uma manifestação hostil: "Não tão rápido que pareça covardia, nem tão devagar que pareça provocação".

Rodou até a pousada, pensando no olhar de Dob. Conseguiu um apartamento, instalou-se, e de lá não saiu mais até o fim do dia. Dormiu mal. Sonhou com Dob.

Com seu olhar afiado.

Era como olhar para o próprio rosto do Mal. Ou será que ficara impressionada com a história contada por Ana Paula? Aquilo de ácido... Por que tinha ficado tão incomodada com um mero olhar? Oh, que situação horrível em que se metera sua amiga... Jô tinha de fazer algo para ajudar Aninha. Mas o quê??? O quê???

Capítulo 18

No dia seguinte, Jô não encontrou Ana Paula. Tentou; não conseguiu. Ligou dezenas de vezes para o celular dela, deixou recados. Ela simplesmente não atendia. O que teria acontecido? Jô passou o dia na Praia Brava, dourando-se ao sol, deitada na areia, em frente ao Bar do Pirata. Provou ostras frescas e camarões ao bafo, bebeu densos sucos de açaí e caipirinhas capitosas, mas nada lhe dava prazer. Só pensava na amiga em apuros. De hora em hora, levantava-se, caminhava até o telefone público mais próximo e ligava. Ana Paula não atendia, uma agonia.

À noite, Jô tomou do carro e passou em frente ao casarão em que Ana Paula vivia com Dob. Deu a volta na quadra algumas vezes, sem coragem de parar e bater à porta. As janelas estavam iluminadas, havia gente em casa, tudo parecia tranquilo. Muito estranho. Em certo momento, Jô estacionou em frente à mansão e ficou observando-a. Passaram-se alguns minutos, até que a cortina de uma janela do andar de baixo foi afastada. Jô aprumou-se ao volante. Percebeu o vulto de um homem na janela, olhando diretamente para ela. Dob! Uma corrente elétrica percorreu sua espinha dorsal. Jô ligou a ignição do carro, engatou a primeira, a segunda e voltou para o condomínio em que se hospedara. Passou mais uma noite inquieta.

No dia seguinte, decidiu que ficaria à beira da piscina da pousada. Talvez Ana Paula aparecesse... Continuou ligando para ela, do telefone da administração do condomínio. Nada.

Neste dia, pelo menos teve mais distração. Durante toda a manhã, um grupo de amigos dividia a piscina com ela. Cinco mulheres e quatro homens muito ruidosos e alegres. Também eram de Porto Alegre e estavam passando as férias juntos na Praia Brava. Uma das mulheres acabou fazendo amizade com Jô. Chamava-se Joana. Ao se apresentarem, ambas riram e comentaram em coro:

– Duas Jôs!

Era quase uma menina, uns vinte anos de idade, muito viva e sorridente. Convidou Jô para participar do churrasco com os amigos e ela aceitou. Tratava-se de uma turma muito alegre. Os homens jogavam futebol juntos havia mais de uma década, eram mais velhos do que as mulheres. Eles andavam na faixa dos quarenta anos, elas na dos vinte. Mais ou menos a diferença que havia entre ela, Jô, e seu marido Fábio. Bebiam muito, riam muito, sua alegria fez Jô se animar um pouco. Mas não o suficiente para esquecer-se do drama de Ana Paula, que continuava sem dar notícias.

À noite, Jô resolveu agir. Iria à casa de Aninha. Precisava apenas de uma justificativa para bater à porta assim, sem se anunciar. Pensou, pensou, até que deu um tapa na própria testa:

– O Pata Negra!

Era isso! Comprara uma porção de presunto para dar à amiga e ainda não o fizera! Dob era de Florianópolis, decerto sabia o valor de um Pata Negra legítimo, do Box 32. Ficaria encantado com a visita.

Jô tomou banho, enfiou-se em um pretinho básico curto, calçou sandálias também pretas e rumou para a mansão. Ao premer a campainha da porta da frente, seu coração ribombava no pescoço. Por que se sentia tão nervosa? Bem, a verdade é que ela nunca antes tinha conhecido um homicida cruel, que torturava pessoas com ácido sulfúrico. Havia certo motivo para nervosismo.

O próprio Dob abriu a porta. Calçava tênis de corrida, vestia jeans claro e camiseta branca, uma combinação muito simples, mas que funcionava. Ressaltava-lhe a beleza máscula, o corpo longilíneo e musculoso e um bronzeado que provavelmente era eterno. Jô abriu a boca. Antes que falasse, Dob estendeu-lhe a mão e um sorriso cheio de luz:

– A amiga da Aninha! Jô, não é?

Jô ficou desconcertada com a simpatia do outro. Esperava encontrar uma fera maligna e maliciosa. Deu-lhe a mão. Suada. Jô sentiu vergonha: ele provavelmente pensaria que ela estava muito nervosa por encontrá-lo. Bom, ela estava nervosa, mas o suor nas mãos não era devido a isso. Sentiu vontade de explicar:

– Sempre suo nas mãos, viu?

Mas se calou. Ele apertava sua mão com firmeza, mas tinha a pele macia. Será que passava cremes?

– Entra – convidou, amistoso. – Vou chamar a Aninha.

Jô entrou. Notou que ainda não abrira a boca, e tartamudeou:

– Eu comprei um Pata Negra no Box 32, e vim trazê-lo para a Aninha... para vocês... e...

– Um Pata Negra! – exclamou Dob, coruscante de alegria. – Que maravilha! – Tomou o presunto das mãos de Jô. – Vamos comê-lo agora mesmo com uma cervejinha bem gelada! e se foi para dentro da casa, repetindo: – Senta, senta... – apontando para um sofá grande e branco no meio da sala e chamando: – Aninha, tua amiga de Porto Alegre está aqui!

Em um minuto, Ana Paula apareceu. Desceu a escadaria que levava ao segundo andar atrás do barrigão de grávida. Enviou um sorriso débil ao chegar à sala. Abraçaram-se.

– Tudo bem? – perguntou Jô, tentando adivinhar algum traço de preocupação no rosto da amiga.

– Tudo – Aninha falava num fio de voz. Jô calculou que estivesse próxima da exaustão. O que teria acontecido naqueles dias em que não se viram?

– A Jô comprou um Pata Negra pra nós! – festejou Dob. – Vou buscar uma cervejinha para mim e para ela e um suco pra ti – anunciou, e girou os calcanhares, rumo à cozinha.

Jô e Ana Paula sentaram-se no sofá da sala. Quando Dob se afastou, Jô cochichou:

– O que houve??? Você sumiu! Não atende telefone! Faz dois dias!

– Ai, Jô, ele ficou desconfiado quando nos viu chegando juntas. Me encheu de perguntas sobre você... – Ana Paula falava com pausas, como se estivesse perturbada. – Passou esses dois dias em casa. Toda hora encontrava desculpas para não sairmos. Trouxe os comparsas dele para cá, ficaram falando dos negócios deles. Falava todo o tempo ao telefone. Está tramando algo, tenho certeza. O ambiente está tenso, Jô... Por isso achei melhor não atender o telefone. Não quero envolvê-la neste caso perigoso. Ele está suspeitando de alguma coisa, sei lá...

– Mas não tem nada pra suspeitar! E você tem que me envolver. Nós somos amigas!

– É perigoso! Ele...

Ana Paula não completou a frase. Dob veio da cozinha com uma bandeja nas mãos. Sorria um sorriso de marido perfeito. Sentou-se numa poltrona em frente a elas. Serviu cerveja e suco, distribuiu facas, garfos, pratinhos e guardanapos. Ao espetar o garfo no Pata Negra, estalou os lábios:

– Que delícia!

Começaram a comer e a conversar. Ele era simpático e envolvente. Quando falava, olhava diretamente nos olhos de Jô. Parecia que Ana Paula não estava na sala. Jô sentia-se incomodada com aquela deferência toda. Dob fazia-lhe perguntas, contava-lhe histórias. A impressão é de que estava tentando conquistá-la. Fosse em outra situação, Jô se sentiria muito lisonjeada. Dob era um homem bonito, tinha boa conversa, vivia bem. Mas ela sabia quem ele era, e ele vivia com sua amiga, e ela estava grávida dele. Por que ele agia daquela maneira, então?

O olhar intenso de Dob, fincado nela, explorando-a, analisando-a, tentando desvendá-la, aquele olhar lhe tirava a paz. Por que ele não parava com aquilo?

Durante mais de uma hora, Dob só se afastou da sala para buscar mais bebidas, num tempo curto em demasia para que elas conversassem com tranquilidade. Jô acabou dizendo que tinha de ir embora para encontrar uns amigos. O que, de certa forma, era verdade: seus novos amigos da piscina a convidaram para ir a um bar na Lagoa. Sairiam bem mais tarde, mas Jô não tencionava aceitar o convite. Permaneceria em casa naquela noite, pensando em como ajudar Ana Paula. Não tinha disposição para baladas.

Dob insistiu para que ela ficasse, mas ela se despediu com um beijo no rosto da amiga, um novo aperto na mão forte e macia dele, e partiu. Voltou para a pousada e deitou-se na cama. Decidiu ler um livro que trouxera de Porto Alegre: *Contos completos*, do Sergio Faraco. Suas tantas aventuras dos últimos dias impediam a leitura. Abriu na página em que dormia o marcador.

COMEÇOU A LER:
"A MÃE NÃO QUIS QUE O MENINO FOSSE À ESCOLA E, DURANTE O DIA, NÃO O DEIXOU SAIR AO PÁTIO. NEM ERA PRECISO PROIBIR, ELE ESTAVA ABATIDO, QUIETO."

JÔ TAMBÉM ESTAVA ABATIDA COM TUDO O QUE VINHA ACONTECENDO. COMO PODERIA SALVAR SUA AMIGA? COMO?

FOI EM FRENTE COM A LEITURA, SEM CONSEGUIR SE CONCENTRAR NA HISTÓRIA NARRADA COM MAESTRIA POR FARACO. TINHA DE LER DUAS VEZES, TRÊS, E AINDA ASSIM NÃO PRESTAVA ATENÇÃO AO CONTO. A FOLHAS TANTAS, ADORMECEU. EXPERIMENTOU UM SONO LEVE, NÃO SOUBE QUANTO TEMPO DORMIU. ACORDOU COM BATIDAS NA PORTA. DEVIA SER JOANA, INSISTINDO PARA QUE ELA FOSSE AO BAR DA LAGOA. LEVANTOU-SE, ESTREMUNHADA, E ARRASTOU-SE PARA A PORTA DO APARTAMENTO.

TOC! TOC! TOC!

ABRIU-A.

LEVOU UM CHOQUE. ERA DOB.

Capítulo 19

— D ob! – exclamou Jô, olhos redondos de espanto.
A malícia desviara o sorriso de Dob para um lado. Os olhos rebrilhavam de lascívia. Ciciou:
– Jô...
E aquele monossílabo, "Jô", pela forma como foi pronunciado, já lhe anunciou as intenções. Foi entrando. Caminhava devagar e gingado, diretamente para ela. Jô recuou um passo. O que ele pretendia?
– Jô... – repetiu e, sem virar-se, fechou com um tapa a porta atrás de si.
Continuou avançando.
– Jô... Jô... – murmurou, como se falar o nome dela lhe desse prazer. Dizia Jô com a boca cheia, como quem diz algo pecaminoso.
Jô sentiu-se intimidada. Era muita ousadia daquele homem entrar assim em seu apartamento, sem ligar antes, sem se anunciar, sem nem dar boa noite. Ele não tinha sido convidado! Entrou e fechou a porta, foi isso o que fez. Ora, era ela quem mandava entrar seus convidados, era ela quem fechava a porta de sua casa. Toda aquela confiança masculina a intimidou. Jô continuou recuando, andando para trás.
– O que você quer? Onde está a Aninha?
– Jô... – disse ele novamente, dando mais dois passos.
Não havia mais para onde recuar. Jô estava com as costas grudadas na parede, a respiração pesada silvando pela boca entreaberta.
– Dob... – o nome dele saiu de seus pulmões com dificuldade. Ela quase não conseguia respirar, de tão ansiosa. – O que você quer aqui?
Ele colou nela. Barriga contra barriga, peito contra peito, coxas contra coxas. Jô sentiu as ondas de calor que ele emitia e seu cheiro de sabonete. Devia ter tomado banho havia pouco. Dob ergueu a mão devagar e, com as costas do indicador e do dedo médio, tocou na pele do seu rosto. Ela virou o rosto para o lado, tentando afastá-lo. Ele não se afastou. Continuou acariciando-a.

– Eu conheço você, Jô... – falava baixinho, sussurrado, e aquilo deixava Jô ainda mais nervosa. – Eu sei o que você quer... A menina que só foi tocada por um único homem, até hoje. A mulher casada, mãe de filhos, bem-cuidada... – a mão dele desceu-lhe pelo pescoço. Tocou-lhe nos ombros. – Frequentadora de academias de ginástica... – agora lhe apertava os braços nus, largados ao longo do corpo. O toque dele, como sempre, foi firme e macio. Jô sentiu um arrepio. – O corpo malhado... – a mão dele agora lhe chegava às ilhargas. Jô respirava com dificuldade, não sabia o que falar, não conseguia sequer se mexer. – As carnes tenras... – ele falava baixinho. Aproximou a boca do pescoço de Jô, que tinha vontade de gritar, mas não conseguia. Estava imóvel e paralisada. – Deixou o maridinho em casa para sair em busca de aventuras... – Aninha contou sua história a ele. Quanto ele sabia? Tudo? – Já teve algumas aventuras, Jô? Quantos homens você encontrou no caminho para cá?

— PARA...
— JÔ CONSEGUIU DIZER.
— PARA...

ELE A IGNOROU. AS MÃOS FORTES ERGUIAM-LHE A BARRA DO VESTIDO ATÉ O UMBIGO, REVELANDO-LHE A CALCINHA PRETA, MINÚSCULA — JÔ NÃO GOSTAVA DE CALCINHAS GRANDES.

DOB OLHOU PARA BAIXO, FEZ UM BICO COM OS LÁBIOS E SUGOU O AR:

UH... MAS QUE GOSTOSA...

Jô sentia o corpo dele inteiro pressionando-a contra a parede, imobilizando-a, dominando-a. Sabia que ele era mais forte, que não havia como reagir fisicamente. Se ele quisesse, poderia fazer o que bem entendesse com ela e ninguém poderia impedir. Mas... curioso... a ideia de ser possuída por um homem que desprezava, antes de repugná-la, a excitava. Porque era o mais vil a que uma mulher poderia chegar apenas pelo prazer carnal. E isso, a carne pela carne, o prazer pelo prazer, sem interferência do sentimento ou da razão, isso era excitante ao extremo.

As duas mãos de Dob neste momento suspendiam-lhe o vestido até os ombros e apalpavam seus seios, e o faziam com a segurança de um homem que sabia o que queria e, sobretudo, sabia como queria.

– Oh... – Jô grunhiu, querendo reagir e não querendo ao mesmo tempo.

Ele continuava falando sussurrado no ouvido dela:

– Algum homem já te tocou assim? – e lhe beliscou suavemente os mamilos. – O maridinho em casa, ele continua tendo desejo por esse corpo perfeito? Esse corpo cheio de fogo? – uma das mãos desceu-lhe pela barriga. – Eu sei o que você quer, Jô... Jô... Jô... Eu sei o que todas vocês mulheres querem... – e a mão invadiu-lhe a calcinha.

– Não... – pediu Jô, chorosa.

– Primeiro, vocês querem emprenhar... – a mão a explorava. – Hmmm... – ele comentou, ao tocar suas intimidades –, parece que você está gostando mesmo disso tudo. Está gostando... – Riu um pequeno riso de luxúria e continuou fazendo o que fazia. – Depois de emprenhar como vacas – prosseguiu – vocês criam os filhos por algum tempo. Mas aí chega um momento em que se cansam. "A minha vida está tão igual" – disse, com voz de falsete. – "Queria uma aventura, algo diferente na minha vida"... – E retornando à voz normal:

– É isso que você está buscando, Jô. Jô, Jô, Jô... Uma aventura... – Jô arquejava, seu corpo ondulava de prazer e, ao mesmo tempo, para tentar se livrar do domínio dele.

– Não... – ela pedia. – Não... Por favor, não... Oh... Ah... Não... Por favor...

Então, ele a beijou. Enfiou a língua entre os lábios de Jô. Explorou seus dentes com habilidade e ela se entregou e não se entregou, e queria e não queria, e precisava gritar e sair correndo, mas não conseguia, e o quarto girava e o mundo girava e tudo estava confuso, e Jô aos poucos foi cedendo, até que ele gemeu:

– Vagabunda!

Foi um gemido debochado e desrespeitoso, um gemido que a rebaixava e a reduzia. Foi como se ela levasse um choque. Não era vagabunda. Não era! Era uma mulher casada, tinha uma família! Era melhor do que aquele canalha! Lembrou-se de Fábio e dos filhos, de sua casa e de quem era aquele homem em cima dela: um assassino cruel de mulheres e bebês, um traficante barato, um mau-caráter, um desgraçado.

– Desgraçado! – gritou, e o grito assustou Dob, que parou de tocá-la por um instante.

– Desgraçado! – repetiu, debatendo-se, tentando se livrar.

E ele se enfureceu:

– VAGABUNDA! – REPETIU, AGORA COM RAIVA. – VAGABUNDA! – E SEGUROU-LHE OS DOIS BRAÇOS COM FIRMEZA, PRESOS ÀS COSTAS.

JÔ ESTAVA IMOBILIZADA. ELE ERA MUITO MAIS FORTE. ELA NÃO TINHA COMO SE DEFENDER. UMA AGONIA DE DESESPERO TOMOU CONTA DELA.

– Socorro! – gritou, com toda a força que pôde. – Socorro!

Dob tapou a boca de Jô com a mão. Não havia mais nada a fazer. Ela seria violada.

Então, Jô ouviu um grito. Seu próprio nome:

– Jô? Jô? Jô???

Capítulo 20

— Jô! – a mulher gritava e socava a porta. – Jô! O que está acontecendo, Jô?
Joana!

Na certa viera insistir para que Jô fosse ao bar da Lagoa com a turma e ouviu seus gritos de socorro. Dob se afastou. Ofegava. Jô ofegava também. Dob recuou dois passos. Jô ajeitou o vestido. Olhou para ele com raiva. Odiava-o. Odiava-o mais do que qualquer outra coisa no mundo.

— Jô! – Joana continuava batendo na porta. – Tudo bem aí, Jô?

Muito calmo, Dob caminhou até a porta. Antes que ele pusesse a mão no trinco, Joana tomou coragem e a abriu. Ao ver Dob, ficou paralisada.

— O que está acontecendo? – perguntou.

Dob não tomou conhecimento dela. Olhou para Jô e rosnou de forma quase inaudível:

— Eu vou voltar.

Saiu, passando por Joana como se ela não existisse. Jô sentou-se na cama, arfante, nervosa, porém decidida. Agora sabia o que fazer. De um segundo para outro, sabia exatamente o que fazer.

Joana entrou, sentou-se na cama ao lado dela e a abraçou.

— Era você quem estava gritando? – perguntou, agitada. – Quem era aquele? O que estava acontecendo? Você está bem???

— Calma... – pediu Jô, e achou estranho ela pedir calma a alguém, depois do que ocorreu. Era ela, Jô, quem devia ser consolada, mas sentia que não precisava disso. Precisava era agir. – Está tudo bem...

— Sério?

— Sério. Mas queria pedir uma coisa.

— O que é?

— Você tem celular?

— Claro.

— Me empresta?

— Empresto, lógico. Está lá no nosso apartamento. Quer agora?

– Se não incomodar...
– Vou buscar.

Joana saiu correndo. Deixou a porta aberta. Jô ficou sentada na cama, admirada com a clareza de seus pensamentos. Como conseguia ser tão lúcida um minuto após quase ter sido estuprada por um maníaco que desfigurava as pessoas com ácido? Ela mesma não se compreendia. Aqueles dias que estava vivendo sozinha, na estrada, contando apenas com ela mesma, enfrentando o desconhecido e desconhecidos, conhecendo pessoas e lugares, aqueles dias mudaram algo nela. Algo importante, que ela não sabia bem ainda o que era, mas sabia que era poderoso. O fato é que, em segundos, havia traçado um plano. Ou talvez essa ideia estivesse subjacente em seu cérebro, e agora, depois do ocorrido, ela tomara a decisão. É, pensou Jô, balançando a cabeça, provavelmente foi assim que aconteceu.

Joana voltou com o celular:

– Ó.

Jô começou a digitar uma mensagem para Aninha:

"Aqui é a Jô. Estou com o celular de uma amiga. Sabe quando o Dob vai sair de casa?"

Enviou. Ficou esperando, sentada no colchão com as pernas cruzadas. Joana, ao seu lado, sentou-se à beira da cama, ouriçada de ansiedade.

– Algum problema?

– Estou tentando ajudar uma amiga. Você vai precisar do celular hoje?

– Claro que não! Estou em férias! Você não vai à Lagoa conosco?

– Não. Preciso ajudar a minha amiga. Posso ficar com o celular por algumas horas?

– Sem problemas.

Um bip anunciou a chegada da resposta de Aninha. Jô conferiu:

"Amanhã de manhã. Perto das 10h."

Jô mandou outra mensagem:

"Passo aí às dez e meia."

Voltou-se para Joana:

– Nem vou precisar mais do aparelho.

– Tem certeza? Eu não vou usar mesmo.

— Tenho. Não te preocupa.

Joana saiu prometendo avisar Jô se Ana Paula enviasse alguma mensagem ou ligasse. Jô se levantou. Tinha coisas a fazer para arrematar seu plano.

Na manhã seguinte, estava pronta. Bagagens feitas e acomodadas no porta-malas. Pousada paga. Carro abastecido. Jô saiu para resolver aquele problema de uma vez.

Às dez e meia, dirigiu pela rua do casarão de Ana Paula. Ia estacionar, mas pensou um pouco e decidiu deixar o carro numa rua lateral, para o caso de Dob aparecer. Caminhou até a casa. Tocou a campainha. Ana Paula abriu a porta. Jô não deu nem bom dia. Foi entrando:

— Vamos arrumar suas coisas.

— Hein?

— Vou tirar você daqui.

— Como assim, Jô?

— Faz o que estou dizendo. Arruma as tuas coisas.

Tomou Ana Paula pela mão e puxou-a em direção à escada.

— Vamos, vamos! – apressou-a.

— Mas, Jô, eu tenho muitas coisas, muitas roupas e...

— Pega só o indispensável. Vou te levar embora daqui.

— Pra onde? Não posso ir pra Porto Alegre.

— Não discute. Sei o que estou fazendo. Vamos!

Subiram a escadaria. Ajudada por Jô, Aninha pegou uma mala do alto do roupeiro, abriu-a e começou a dobrar as roupas na cama.

— Rápido! – apressava-a Jô. – Rápido, pega qualquer coisa. Não dobra, atira dentro da mala. Temos pouco tempo!

— Tem umas roupas que não posso deixar, Jô!

— Não seja boba! Roupa você compra de novo. A sua vida e a do bebê, não.

Mas Aninha não conseguia se apressar. Hesitava entre as roupas e os sapatos que levaria, procurava fotos, documentos, dinheiro. Atrasava-se, enfim. Jô não aguentava mais de ansiedade.

— Vamos logo! – pedia.

— Estou indo!

Finalmente, a amiga fechou a mala.

— Estou pronta – disse, em tom vitorioso.

Jô suspirou:

– Já não era sem tempo.

Jô pegou a alça da mala. Então, ouviram o som de passos no andar de baixo. E uma voz de homem que chamava:

– Ana Paula!

As duas amigas se olharam e ganiram em coro:

– DOB!

Capítulo 21

— A i, meu Deus! – uivou Aninha.
— Aiaiai! – gemeu Jô.
As duas amigas olharam para os lados, apavoradas, procurando uma saída. Obviamente, não havia saída alguma naquele quarto. Jô não podia se atirar pela janela, seria suicídio. Se corresse para se esconder no banheiro, ele a veria. Enfrentá-lo? Fora de questão. Disfarçar, dizer que viera visitar Aninha? Não: ele ficaria desconfiado, Jô perderia a chance de salvar a amiga. Que fazer, então???

Os passos de Dob soavam no meio da escadaria. Em segundos ele estaria no quarto.

– Você precisa se esconder! – sussurrou Aninha.
– Aonde???

Jô agachou-se e olhou embaixo da cama. Não cabia ali.

– Aninha! – chamou Dob. Estava mais perto. Cada vez mais perto.
– Jesus Cristo! – disse Jô, levando a mão ao peito, olhando em torno do quarto.
– No guarda-roupas! – cochichou Aninha.

Jô olhou para o guarda-roupas. Era grande. Ela certamente cabia lá dentro. Correu para o móvel. Abriu a porta, tendo o cuidado de não fazer barulho. Entrou. Aninhou-se debaixo dos vestidos que Ana Paula decidira não levar.

– Ai, meu Deus! – cochichou, quando Aninha fechou a porta.

Ficou no escuro. Tentou controlar a respiração ofegante. Fechou os olhos. Procurou ouvir o que acontecia do lado de fora.

Aí, lembrou-se da mala.

A mala estava feita, no meio do quarto. Dob a veria, concluiria que Ana Paula planejava fugir e tudo estaria perdido. Jô tinha que buscar a mala. Daria tempo? Vacilou. Devia buscar a mala ou não? Devia ou não devia?

Então, a porta do guarda-roupas se abriu.

Jô prendeu a respiração. E agora??? Esperava deparar com o olhar de fogo de Dob, mas não foi o que viu. Viu Ana Paula, com a mala na mão.

– Esqueci da mala! – falou.

E atirou a mala para dentro do roupeiro. Jô ajeitou a mala. Agarrou-se nela e ficou imóvel, quietinha, torcendo para ser invisível e inaudível. Ouviu a voz de Dob ao longe. Aninha devia ter saído do quarto para recebê-lo. Provavelmente estavam conversando no corredor. Vez em quando, o volume das vozes aumentava. Seria alguma discussão? Estariam brigando? Por que ele havia voltado, afinal? Teria suspeitado de algo? Talvez tivesse ido à pousada, atrás dela, como havia prometido. Neste caso, era certo que descobrira que ela havia fechado a conta. Podia estar atrás dela. Certamente estava atrás dela! Ou não?

De repente, Jô não ouviu mais nada. O que teria acontecido? Esperou...

Esperou...

Continuava imóvel, não fazendo barulho nem com a respiração. O tempo havia parado dentro daquele roupeiro. Jô sentia cãibra na barriga da perna, devido à posição em que ficara. Já havia passado tempo demais, e ela não ouvia mais som algum. Decidiu sair do esconderijo. Respirou fundo. Abriu a porta do roupeiro. Espiou para fora. Nada. Pelo menos no quarto, não havia nada. Saiu, enfim. O coração lhe batia com tamanha força no peito que ela achava que toda a casa ouvia. Deu um passo. Outro. Parou à porta do quarto. Devia sair? Apurou o ouvido... Apurou...

Então, ouviu.

Último capítulo

Jô ouviu passos na escada. Estacou, o medo percorrendo-lhe a espinha dorsal da base das costas até a nuca. Seria Dob, que voltava?

Recuou.

Teria tempo de meter-se de novo no roupeiro?

Nesse instante, a desgraça. Ao dar um passo para trás, bateu com a coxa em uma mesinha e a derrubou. Um vaso de porcelana caiu no chão do quarto e se espatifou, com grande estrondo. Era como uma sirene soando, como um alarme de carro. Fora descoberta! Jô parou no meio do quarto, dentes rilhados de terror e tensão. Alguém assomou à porta. Ela prendeu a respiração.

Graças a Deus.

Era Ana Paula.

– Jô!

– Quer me matar de susto???

– Ele saiu. Veio buscar umas mercadorias.

– Drogas?

– É.

– Vamos embora de uma vez, por favor!

Jô tirou a mala do guarda-roupas. Desceram, ela e Ana Paula, pelas escadarias da mansão. Saíram da casa olhando para os lados, desconfiadas. Lá iam elas, Jô e a mala, Ana Paula e sua barriga. Caminhavam o mais rápido que podiam rua acima, bufando, suando, a mala ia atrás, a barriga na frente.

Alcançaram o carro.

Jô deu a partida. Rodaram em silêncio estrada da Praia Brava acima, desceram até a Cachoeira do Bom Jesus, passaram os Ingleses. Só foram se falar perto da Beira-Mar Norte, quando a sombra maligna de Dob, que pairava o tempo todo entre elas, havia se dissipado um pouco. Só um pouco. Elas ainda temiam o que ele podia fazer.

– Vou ligar para os meus pais em Porto Alegre – comunicou Aninha, enfim. – Vou avisar que, se alguém perguntar por você, eles têm de dizer que não a conhecem. Que não sabem quem você é. O Dob não sabe muito mais sobre você, não será capaz de encontrá-la em Porto Alegre. Além disso, acho que ele é capaz até de agradecer pela minha fuga. Não suportaria descobrir que foi enganado, que o filho não é dele, que tive algo com outro, mas suportaria facilmente ter um filho que não conhece, perdido por aí, criado pela mãe, sem que ele precise ter gastos ou incomodações.

– Então ele não deve ir atrás de você?

– Por um tempo, sim. Vai querer descobrir para onde fui. Mas não acredito que vá ficar obcecado por isso. Acho que logo vai estar mais preocupado com seus negócios. Um cara com os envolvimentos dele tem muito com que se preocupar.

– Tomara...

– Não vou dizer para os meus pais pra onde vou... Aliás, pra onde vou?

– Para um lugar em que ninguém vai encontrar você. Eu prometo.

Na estrada, à medida que se distanciavam de Florianópolis, o ânimo das duas foi melhorando. Pararam para lanchar e fazer alguns telefonemas. Aos poucos, Ana Paula voltou a ser a velha Ana Paula da faculdade, divertida, engraçada, loquaz. Acabou sendo uma viagem agradável. Não era mais a viagem que Jô planejara, mas, afinal, seu verdadeiro planejamento era não fazer planos. As duas avançaram sem pressa pelo asfalto quente da BR, parando sempre que uma delas se sentisse cansada, e Ana Paula, por conta da gravidez, sentiu-se cansada várias vezes. Paravam em bons hotéis, aproveitavam as amenidades das piscinas e as pequenas atrações dos centros das cidades pelas quais passavam. Foram ao cinema e viram filmes românticos que qualquer homem repeliria. Fizeram refeições suntuosas e delicadas em ótimos restaurantes. Levaram três dias para chegar a São Paulo.

Maia já as aguardava em seu belo apartamento no Itaim Bibi. Quando Jô lhe telefonou, ela abreviou as férias e voltou de avião para casa. Estava ansiosa para ajudar a amiga da sua amiga. E para revê-la, claro. Quando Maia abriu a porta, o dourado de sua loirice resplandeceu faiscante dentro de um vestido branco, curto e leve. Branca também era sua sandália de alças trançadas até as canelas. Brancos eram os sofás e as poltronas da sala de estar, e o tapete sobre o qual pisavam, e as cortinas que as protegiam do sol incisivo da tarde. Maia serviu-lhes chá gelado e biscoitos. Sentaram-se e conversaram por mais de uma hora, depois da qual Maia perguntou:

– Estão cansadas? Querem tomar um banho?

Ana Paula aceitou. Maia levou-a para dentro, guiando-a por um corredor comprido e bem iluminado. Apresentou-lhe o quarto em que ia ficar. Jô foi atrás, carregando a mala. Aprovou o quarto com um assobio.

– Você é uma boa decoradora, Maia – elogiou.

– Obrigada. Fiz tudo sozinha.

– Posso fazer uma ligação interurbana do seu telefone? – pediu Jô.

– Não precisa nem perguntar.

Jô voltou para a sala. Sentou-se no grande sofá branco e colheu o telefone da mesinha ao lado. Ligou. Esperou que atendessem sentindo um suave peso de angústia na garganta.

– Alô?

– Oi, Fábio...

– Jô?
– Eu... Olha... Como estão as crianças?
– Tudo bem. Elas estão com saudade, Jô... Todos estamos.
– Eu também, Fábio... Fábio...
– O que é?
– Estou voltando pra casa.

Fábio manteve-se em silêncio por alguns segundos. Depois sussurrou:

– Estamos te esperando.

E Jô percebeu que havia alegria e alívio em sua voz.

Passadas algumas horas, Jô estava parada de pé, no meio da sala, pronta para sair. Já se despedira de Ana Paula. Maia insistia para que ela ficasse, ela balançava a cabeça.

– É hora de voltar...
– Você virá me visitar algum dia?
– Sim.
– Promete?
– Prometo.
– É certo que você vem?
– É certo.

Desta vez, a despedida foi comportada. Assistidas por Ana Paula, as amigas se abraçaram e beijaram-se nas faces.

Em alguns minutos, Jô estava de novo na estrada, rumando para o Sul. Ligou o rádio. Neil Young. Adorava Neil Young. Cantarolou. Sentia-se feliz. Era bom voltar para casa. Mas também era bom estar na estrada. Não se arrependia de nada que havia feito, e até achava que havia feito pouco. Saíra de casa em busca de liberdade e a encontrara. A liberdade. Era livre. Sim, Jô era uma mulher livre. Agora sabia que podia ir aonde quisesse, como quisesse, quando quisesse. Que podia rodar sozinha pela estrada e enfrentar desconhecidos perigosos ou conhecer gente nova e encantadora. Sabia mais sobre si mesma e sobre a vida que queria levar. A vida era boa, e estar na estrada era bom também. Enquanto dirigia e cantarolava baixinho e pensava em sua liberdade, decidiu: Argentina. Sua próxima viagem seria para a Argentina!

Neil Young

...ant to see you da...
...cause I'm still in...
...this harvest...

When we were strangers
I watched you from afar
When we were lovers
I loved you with all my heart.

A VOLTA DE JÔ

Capítulo 1

Era como se Jô fosse uma escrava. Era como se seu corpo tivesse dono, e o dono dispusesse dela e de seu corpo da forma que bem entendesse. Ele, o dono, a despia todas as noites, e passava as mãos ávidas por cada nesga nua da sua pele, e lhe apalpava as carnes, e besuntava-a de saliva com sua língua áspera, e lhe sugava o sumo e o mel, e logo estava forcejando para entrar nela, e entrava, e dentro dela ele se transformava em um animal arfante, um animal que gemia e se esfregava nela até acabar-se num guincho de prazer e rojar-se ao seu lado, satisfeito.

Sim, Jô era a serva, e o senhor era seu próprio marido, Fábio. O pobre Fábio. Porque Jô não queria mais aquelas carícias, não queria mais ser possuída por ele. Era assim que se sentia: possuída. Como um pedaço de carne. Como uma meretriz.

Jô era a prostituta do seu próprio marido.

Não que não o amasse. Amava-o. Nos últimos meses, depois de suas aventuras solitárias pelo país, havia renovado a convicção de que o amava, de que não queria separar-se dele, de que ele lhe fazia bem. Fábio tratava-a como se ela fosse uma boneca de louça, trazia-lhe mimos diários ao voltar do trabalho, um botão de flor, um Amor Carioca, um pequeno anel brilhante, um camafeu. Fábio a protegia e guardava, era um bom marido, um bom pai, um homem decente, que sabia fazê-la rir, que a acalentava quando ela precisava ser acalentada.

Mas o sexo...

O sexo...

JÔ SIMPLESMENTE NÃO SENTIA MAIS DESEJO POR ELE. O FOGO SE APAGARA. AQUELA ÂNSIA DE SER CAVALGADA POR ELE, OU POR CAVALGÁ-LO, AQUELA GANA DE SER DELE, TOTALMENTE DELE, DE SENTIR QUE ELE ERA O SEU HOMEM, AQUILO NÃO EXISTIA MAIS. O QUE HAVIA ACONTECIDO? QUANDO ISSO HAVIA ACONTECIDO? JÔ NÃO TINHA A MENOR IDEIA. SABIA APENAS QUE ALI, NA CAMA, BUFANDO E GANINDO SOBRE ELA, NÃO ESTAVA MAIS O HOMEM A QUEM QUERIA SE ENTREGAR; ESTAVA O SEU AMIGO, O SEU IRMÃO, O SEU PAR, JAMAIS O SEU AMANTE. NÃO EXISTIA MAIS FOGO ENTRE ELES. O PRAZER FUGIRA PARA ALGUM LUGAR DESCONHECIDO.

Isso a torturava. Jô sofria. Jô não sabia mais que vida queria levar. Passava os dias a lembrar-se de sua aventura no verão, quando saíra sozinha estrada acima, vagamente rumo ao Norte cálido, mas na verdade sem destino ou telefone celular, ela e seu carro, só. Na época, não era o sexo que a motivava, ou pelo menos ela achava que não. Ela queria, pelo menos uma vez, viver a vida sem dar satisfação a ninguém. Talvez menos do que isso: não é que não quisesse dar satisfação, apenas não queria ter compromisso com nada, não queria ter responsabilidade alguma, não queria que lhe dissessem o que fazer, não queria ser observada e julgada. Queria estar em um lugar estranho, com pessoas estranhas, que nunca vira nem jamais veria de novo, queria agir como bem entendesse, sem ter de ser ajuizada, sem ter de ser ponderada, racional, educada ou boa. Ela queria, ao menos uma vez na vida, só viver. Aproveitar a vida. Bebê-la toda.

Mas aquilo, aproveitar a vida, ser livre, viver como bem entendesse, aquilo era a realidade? Ou a realidade era a sua boa casa, seu bom marido, seus filhos saudáveis e comportados que ingressavam na adolescência, seu trabalho rentável, seus velhos amigos? A vida era a pachorra dos dias ou as aventuras de uma festa com gente jovem e desconhecida? A vida era assistir à novela todos os dias ou afundar os pés nus na areia branca de uma praia de Santa Catarina?

Perto de completar 34 anos, Jô jamais fora tão bela. Ela podia sentir o desejo que despertava nos homens. Podia perceber a eletricidade que emitia. Eles como que farejavam a angústia dela, sua sede de viver.

O sexo.

Sim, como animais, eles farejavam o sexo que porejava de seu corpo inteiro, sua vontade pulsante de se entregar. Era um instinto primevo que titilava esses homens, era algo ancestral. E eles a cercavam, famintos, e esforçavam-se para pelo menos encostar em sua pele de fogo, nem que fosse um toque no braço, nem que fosse um momento fugaz.

Jô compreendia o que eles queriam. E era bom. A excitação deles a excitava, o desejo que eles sentiam por ela açulava o seu desejo. Depois da viagem que fez no verão, suas roupas mudaram. Agora eram mais provocantes, eram menores, eram mais justas. Jô estava adorando atiçar a lascívia dos homens.

Por tudo isso, houve um telefonema que agiu como uma descarga elétrica em sua mente. Sua amiga Maia, a loira linda que um dia lhe dera um beijo na boca na Praia da Gamboa, a mulher sedutora que vendia o corpo numa boate de São Paulo, a maravilhosa Maia ligou e disse:

– Quero te fazer uma proposta louca.

Jô sorriu. Sonhava todos os dias com loucuras. Para ela, aquele era um tempo de loucuras.

– Que proposta?

– Quero que você seja prostituta por um dia.

Jô ficou paralisada. Que tipo de ideia era aquela? Será que deveria cogitar aceitá-la?

Capítulo 2

Ser uma vagabunda, uma vaca, uma cachorra por um único dia, sem que ninguém soubesse, sem que ninguém descobrisse, uma aventura completamente segura. Completamente segura... Jô estaria em um lugar onde ninguém a conhecia, e estaria protegida por uma máscara, talvez até por uma peruca loira. Iria entregar-se à volúpia dos homens, que a possuiriam famintos, sem nem sequer saber seu nome, sem saber quem ela era, o que sentia ou pensava. O sexo pelo sexo. Apenas o corpo. O desejo em sua forma mais pura.

Era o que propunha sua amiga Maia e era o que atraía Jô. Mas ela não tinha coragem. A moral que seus pais lhe incutiram, sua educação formal, religiosa, pequeno-burguesa, comportada, não permitia que pensasse em si própria como uma meretriz, mesmo que fosse por um só dia. Ainda assim, Jô admitia que era excitante a ideia de que seu corpo despertava o desejo animal dos homens. Mas não podia fazer aquilo. Não podia! Foi o que disse para Maia ao telefone.

– Não posso, amiga. Não conseguiria fazer isso.

– Covarde... – Maia riu.

– Covarde, admito.

– Então, ao menos vem me visitar. Estou com saudade de você. Que tal passar uns dias aqui, comigo. Você vai rever a Aninha...

Aninha... Jô lembrou-se da amiga que havia tirado dos braços de um traficante perigoso de Florianópolis e levado para viver em São Paulo, aos cuidados de Maia. Quando Jô voltou para Porto Alegre, Aninha estava grávida. O nenê já tinha nascido e Jô ainda não o vira.

– Como ela está?

– Está morando aqui pertinho. Está trabalhando de secretária em uma locadora de automóveis. A filhinha dela é a coisa mais linda. Você tem que vir aqui ver!

– Ah, isso é verdade... Talvez eu vá aí para isso... Mas só para isso!

– Vem, por favor, vem...

Jô desligou prometendo que iria. Por que não? Umas férias em São Paulo... Talvez até, quando voltasse a Porto Alegre, a chama do seu casamento se reacendesse. Quem sabe?

Naquela noite mesmo, comunicou ao marido que iria a São Paulo para ver suas amigas. Não pediu permissão; não era mulher de pedir permissão. Comunicou. Fábio não gostou, mas também não falou nada. Desde a viagem dela, no ano anterior, ele sentia medo de perdê-la. Um homem, quando teme perder a mulher, esse homem começa por se angustiar, e se a angústia não passa logo, ele se enerva, e se continua a angústia, ele se desespera, e logo está se humilhando, logo ele se torna um verme.

Fábio estava prestes a se tornar um verme. Estava prestes a rastejar. Porque olhava para sua jovem mulher e a via cada vez mais linda, cada vez mais desejável. Sabia que os outros homens a queriam, percebia os olhares compridos deles, percebia o quanto a respiração deles se alterava quando a viam, sabia de tudo isso. Por isso sofria.

Um verme.

Era no que estava prestes a se transformar. Portanto, não se encontrava em condições de protestar.

Fábio, a princípio, ficou amuado. Depois, nos dias seguintes, enquanto ela se preparava para a viagem, amoleceu. Virou um cachorro pidão, um mero chantagista sentimental. Isso fez despertar certo laivo de desprezo no peito de Jô. Esperava um pouco mais de hombridade de seu homem. É o que as mulheres sempre esperam, e o que as decepciona. Não se tratava de muito desprezo, porém. Um pouco, só. Mas o suficiente para ela querer partir o quanto antes.

E Jô partiu. Desta vez, não de carro. Via aérea. Chegou a São Paulo e sua amiga Maia a esperava no aeroporto. A loira estava linda. Jô a admirou. Lembrou-se do beijo que trocaram certa vez, na praia, e estremeceu. O que aquelas férias lhe reservariam?

Descobriria em seguida.

Capítulo 3

— Você está loira! – admirou-se Maia.
— Quase, quase... – riu Jô. – Só umas luzes...
— Parecida comigo!
— Nem tanto! Se eu tivesse toda essa exuberância...
— Ai, Jô – Maia puxou-a pelo ombro e a abraçou. – Você é tão linda!

Assim abraçadas saíram do aeroporto. Maia a conduziu até o carro, uma enorme caminhonete preta, que, pelos cálculos de Jô, devia custar algo como um apartamento de três quartos na Zona Sul de Porto Alegre. Jô não sabia nem qual era a marca do carrão. Quando chegaram ao belo apartamento de Maia, Aninha e a filha já estavam esperando, Aninha convertida numa mãe orgulhosa, a filha tartamudeando de colo em colo. O dia foi aprazível para as três amigas e a criança. Elas almoçaram, conversaram, brincaram com o nenê, tomaram chá com bolo, conversaram, brincaram com o nenê, riram, quase choraram juntas, trocaram as fraldas do nenê. Tudo muito cândido, tudo muito puro.

Até o sol desaparecer.

À medida que a noite foi se estendendo sobre a grande metrópole, o clima mudou no apartamento de Maia. Aninha e o nenê foram embora. Jô e Maia ficaram conversando por mais algum tempo, até que Jô decidiu tomar um banho. Foi um longo banho, de banheira, com direito a sais e tudo mais. Ao sair do banheiro, envolta numa toalha, ela deparou com Maia na mesma situação, a loira também apenas coberta por uma toalha, também recém-saída do banho, sorrindo.

– Você está cansada da viagem? – perguntou-lhe Maia e, antes que Jô respondesse, apresentou-lhe um vidrinho de óleo que levava na mão direita: – Que tal uma massagem?

Jô sorriu, hesitante. Lembrou-se do dia em que Maia lhe beijou a boca, as duas na Praia da Gamboa. Sentiu certo formigamento nas virilhas, a tensão lhe comprimindo o peito. Não estava em seus planos ter um relacionamento homossexual, de jeito nenhum, mas também não queria ofender a amiga com uma recusa infantil, como se estivesse fugindo dela. Afinal, Maia era tão doce, tão querida, tão gentil, tão boa, tão...

Suspirou.

Será que devia aceitar o convite?

Ponderou: se Maia ultrapassasse o sinal, ela protestaria. Com jeito, mas protestaria.

– Tudo bem – topou.

Maia abriu um sorriso.

– Vem comigo – tomou-a pela mão. Levou-a até um quarto que Jô ainda não conhecia.

– É meu quarto de relaxamento – informou. – Aqui eu faço massagens, tenho uma sauna, uma banheira de hidro...

– Que maravilha – admirou-se Jô.

Maia estendeu a mão em direção à cama:

– Deita.

Jô obedeceu. Deitou-se de bruços. Acomodou a toalha sobre as nádegas. Maia ajoelhou-se ao lado. Jô ficou imaginando se a amiga estaria nua. Provavelmente estava. Provavelmente ela deixara a toalha escorregar para o colchão. Aquilo a perturbava. Sentiu o toque das mãos da loira em suas costas. Ela começava a espalhar o óleo. Jô estremeceu. De medo? De prazer? Não sabia identificar o que sentia, mas estava sentindo algo poderoso.

Capítulo 4

As mãos de Maia. Mãos de dedos longos e delgados, mãos que a tocavam querendo tocar, experientes, que sabiam e-xa-ta-men-te onde tocar.

– Aaaaah... – gemeu Jô. – Você é boa nisso...
– Sou massagista profissional.
– Aaah... Mesmo?
– Mesmo. Fiz curso e tudo.
– Aaaaaah...
– Vamos desmanchar esses nódulos...
– Ai... ai...
– Aqui tem um saquinho de areia...
– Ai...
– Aqui outro.
– Aaaaiii...

AS MÃOS DE MAIA APERTAVAM-LHE OS MÚSCULOS DOS OMBROS, DESCIAM PELAS ESPÁDUAS, PERCORRIAM A ESPINHA DORSAL COM HABILIDADE, ATÉ O CÓCCIX, E SUBIAM DE NOVO, SERELEPES COMO ESQUILINHOS, E ESTICAVAM-LHE OS BRAÇOS, E LHE TOCAVAM ATÉ NAS PONTAS DOS DEDOS.

JÔ SENTIA-SE QUASE DESFALECER. GANIA BAIXINHO.

– Oooh... Ahhh...

O aroma suave do óleo impregnava-lhe as narinas e a inebriava. Jô como que estava embriagada.

Em seguida, as mãos de Maia desceram até suas longas pernas, e Jô arrepiou-se de prazer. Aquilo era bom. Já fora massageada antes, mas não com tamanha destreza. Maia era veloz e carinhosa ao mesmo tempo. Os dedos finos lhe tocaram as solas dos pés, galgaram o outeiro das panturrilhas, escalaram-lhe o monte sinuoso das coxas e chegaram à base das nádegas. Jô se arrepiou outra vez. O que Maia pretendia?

Jô sentia a respiração pesada. Sua cabeça rodava. Ela queria parar com aquilo e, ao mesmo tempo, queria prosseguir. Gostava daquela massagem de carícias e, ao mesmo tempo, repudiava esse sentimento. Queria e não queria, queria e não queria. O que ela queria? Não sabia...

Então, Maia removeu a toalha que lhe cobria as nádegas. Jô estava nua. Desprotegida. À mercê. A outra acavalou-se sobre suas pernas. E agora?

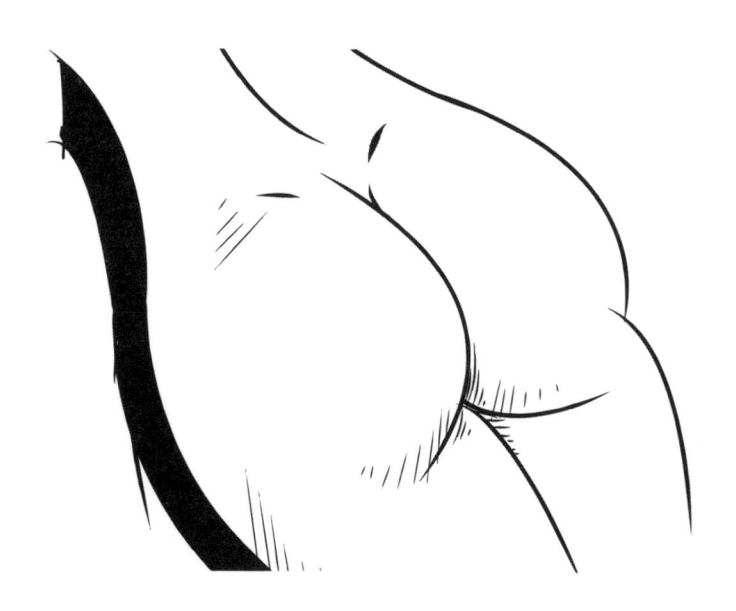

Capítulo 5

Quando Jô ficou nua, completamente nua, desamparadamente nua, um calor invadiu-lhe o peito, sua cabeça rodava, ela sabia que estava cometendo algo que talvez fosse irreversível.

AMIGA...

GEMEU.

MAIA ESTAVA ACAVALADA SOBRE ELA, TAMBÉM NUA, SÓ QUE DE UMA NUDEZ AGRESSIVA, NÃO UMA NUDEZ DESPROTEGIDA, COMO A DE JÔ.

PORQUE MAIA, ELA PRÓPRIA HAVIA SE DESPIDO, E JÔ, JÔ NÃO: JÔ FORA DESPIDA.

POR MAIA.

Jô estava tonta. Não sabia o que fazer. Maia esfregava-se nela. Era uma massagem quase que de corpo inteiro. Jô sentia as coxas de Maia pressionando a parte de baixo de suas coxas, sentia a aspereza suave dos pelos pubianos de Maia roçando-lhe a pele das pernas, sentia os dedos macios e resolutos de Maia fazendo pressão sobre suas nádegas, apalpando-as com sede, abrindo-as e fechando-as. Jô não queria admitir, mas sentia... prazer...

Isso, o fato de sentir prazer, de sentir até mesmo... Oh, como era difícil reconhecer!... De sentir até mesmo desejo pela amiga, isso a estava pondo louca. Jô sempre dissera para si mesma que não tinha preconceitos contra homossexuais, mas também sempre dissera para si mesma que preferia homem. E agora... Agora quase desfalecia de prazer com o toque da linda loira montada sobre ela. Montada como se quisesse possuí-la. Como se fosse sua dona.

Mas Jô não queria! Não queria!

– Ai, meu Deus! – sussurrou.

Ao que Maia lhe falou baixinho no ouvido:

– Calma... Calma...

As respirações de ambas estavam pesadas e compassadas, praticamente no mesmo ritmo. Jô tremia, suava, sentia-se molhada por dentro, sentia vontade de chorar, de gritar, de entregar-se, de sair correndo, de dizer não, de dizer sim, de dizer não, e disse, num murmúrio:

– Não...

Maia continuou, cada vez mais ousada.

– Não...

Os dedos de Maia já lhe exploravam os lugares mais recônditos.

– Não...

ENTÃO... ENTÃO...

A PONTA ÚMIDA DA LÍNGUA DE MAIA LHE PERCORREU A CARNE DO ENTRECOXAS. FOI DEMAIS PARA JÔ.

DESTA VEZ ELA QUASE GRITOU:

NÃO!

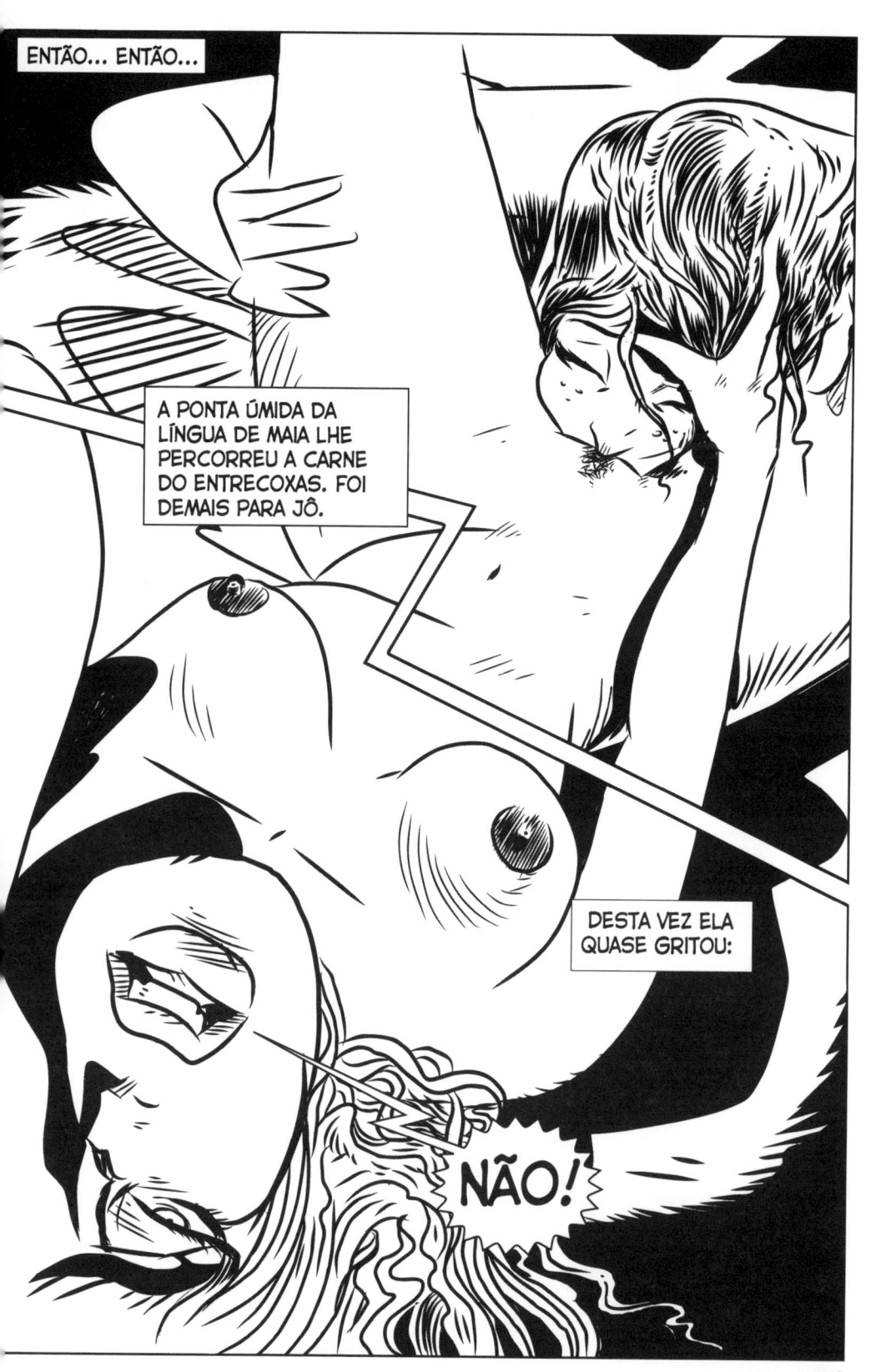

E seu tom de voz fez com que Maia parasse. A língua, as mãos, as pernas, tudo parou. Maia permaneceu acavalada sobre ela, Jô de bruços, sem vê-la, sem saber o que a amiga estava fazendo, apenas ouvindo o som da sua respiração. Jô não levantou a cabeça, não disse nada. Maia nada disse também. Ficaram assim por alguns segundos, as duas imóveis, até que Maia saiu de cima dela. Desmontou-a. Pulou fora do colchão. Parou de pé ao lado da cama. E saiu do quarto. Jô não se mexeu. Deitada de bruços, nua e resfolegante, pensava: será que fiz o certo? Será que fiz o que devia fazer? E agora? O que faço agora? Será que minha amiga ficou ofendida? Será que devia sair da casa dela e ir para um hotel? Oh, Deus, o que fazer?

Capítulo 6

Jô permaneceu deitada. Enrodilhou-se sobre si mesma, ficou em posição fetal. Sentiu frio. Puxou o lençol. Estava confusa. Nunca havia se imaginado tão... sexual... Não podia imaginar que o desejo a dominasse tanto. Ah, lógico, sempre gostara de sexo, mas só agora, depois de ter dois filhos, depois dos trinta anos de idade, é que sentia certas... certas... certas vontades. Mais até: certas necessidades.

Tentou analisar-se. Teria sido para isso, para viver aventuras sexuais, que ela saíra para aquelas férias no ano anterior? Ainda não tinha resposta para essa pergunta. E não queria acreditar nisso. Não... Ela queria apenas conhecer-se, queria apenas viver alguns dias por conta própria, sem ter ninguém para cuidar dela nem ter de quem cuidar, queria saber como se comportava em liberdade plena, era isso que queria.

Como devia proceder agora? Jô não sabia o que pensar. Não sabia o que fazer. Que situação constrangedora. Será que Maia ficara ofendida? De qualquer forma, Jô não se sentia preparada para aquilo. Para uma relação daquelas. Não por ora. Ai, Deus... Jô, em vez de se descobrir, já nem sabia mais quem era ou o que queria. Tinha de pensar, pensar...

Pensando, Jô adormeceu. Dormiu um dos sonos mais relaxantes da sua vida. Um sono sem sonhos, restaurador, intenso. Quando despertou, a luminosidade do dia já invadia o quarto. Jô espreguiçou-se, sentou no colchão. Que horas seriam? Procurou a toalha com a qual saíra do banho no dia anterior. Cobriu-se com ela e escorregou para o banheiro. Lavou-se. Foi para o seu quarto. Entrou num vestido curto, leve, azul-claro, e calçou sandálias brancas. Estava tensa. Como Maia se comportaria? Braba? Ofendida? Triste?

Saiu do quarto pisando devagar, meio desconfiada. Encontrou Maia no corredor. Ao contrário do que esperava, a loira enviou-lhe um sorriso sem uma vírgula de ressentimento.

– Dormiu bem? – perguntou.
– Dormi, sim. Um sono maravilhoso.
– Nem foi para o seu quarto...

– Só de manhã.
– Então a massagem funcionou. Deixou você relaxada. Que bom!

Jô corou.

– Foi uma ótima massagem – admitiu.
– Vamos tomar café?
– Vamos.

A mesa do café estava posta, para surpresa de Jô.

– Maia, você me espanta. Você tem uma empregada invisível?

Maia sorriu.

– Tenho uma empregada, sim. Só que ela não é invisível; é discreta. Ela deixou o café pronto e agora foi ao supermercado. Vai voltar para arrumar a casa, mas acho que você não vai vê-la.
– Por quê?
– Porque quero convidar você para dar um passeio pela cidade, que tal?

Jô sorriu, aliviada. A amiga realmente não ficara nem um pouco ressentida. Assim são os amigos de verdade!

– Claro! – assentiu. – Vai ser maravilhoso.

E foi maravilhoso. Foram a lugares inusitados da grande cidade, fizeram compras em lojas caras, comeram em um restaurante mais caro ainda. No fim da tarde, Maia a arrastou para uma loja e lhe deu de presente um lindo vestido branco, de alcinhas.

– Não prova agora – disse. – Já havia escolhido para você. Sei o seu tamanho. É para você usar hoje à noite.
– Hoje à noite? O que vai haver hoje à noite?
– Quero que você vá a um lugar comigo.
– Que lugar?
– Surpresa. Você vai gostar. Prometo.

Jô sentiu um arrepio lhe percorrendo a coluna. O que Maia estaria planejando?

Não demorou a descobrir.

Capítulo 7

De volta ao apartamento, Maia saltitou para o quarto de Jô e estendeu na cama o que havia comprado durante a tarde: o vestidinho branco de alcinhas, sandálias de salto alto com tiras brancas que escalavam até as canelas e uma calcinha também branca. Jô ficou olhando para aquilo.

– Para você – disse Maia, estendendo o braço.

Jô suspirou.

– Onde você quer me levar hoje à noite, afinal?

Maia sorriu. Deu dois passos em direção à saída do quarto. À porta, girou o corpo com graça e respondeu:

– É uma surpresa. Você vai gostar.

Jô suspirou. Olhou para as roupas. Decidiu experimentá-las. Despiu-se. Nua, levou as mãos à cintura estreita e examinou mais uma vez o figurino que a amiga escolhera para ela. Pescou a calcinha do colchão. Vestiu-a. Era suave porém minúscula, presa por duas alcinhas finas. Jô olhou-se no espelho. Gostava de calcinhas pequenas. Achava que ficava bem com elas. Mas aquelas talvez fossem... sensuais demais... Ainda assim eram bonitas. Ousadas, mas sensuais.

Calçou as sandálias. Os saltos altos a empinavam toda. Panturrilhas empinadas, coxas empinadas, nádegas empinadas. As tiras trançadas nas canelas eram um detalhe provocante. Finalmente, enfiou o vestido pela cabeça. Era curto. Curtíssimo. As coxas douradas de Jô ficavam expostas quase que inteiramente. Mirou-se mais uma vez no espelho. Vendo sua figura, entendeu o que Maia queria: queria levá-la ao lugar onde trabalhava. À boate... Queria que ela... Oh, Deus!

Jô sentou-se à beira do colchão. Ultimamente, sentia-se envolta numa aura de sexo como nunca havia sentido na vida. O que era aquilo??? O que estava acontecendo com ela??? Pensou no marido e nos filhos. Procurou o celular na bolsa. Ligou sofregamente para casa. Fábio atendeu.

– Amor! – ela exclamou.

– Oi, Jô – como da outra vez, percebeu certo distanciamento na voz dele. Ressentimento, talvez.

– Tudo bem aí em casa?
– Tudo... Tudo bem.
– E as crianças?
– Estão ótimas.
– E você?
– Tudo bem, Jô. Como estão suas férias?
– Tudo certo. Vi a Aninha e a filha dela. A coisa mais linda.
– Ah... Você está na casa daquela outra?

Daquela outra... Por algum motivo, Fábio não gostava de Maia, mesmo sem conhecê-la. Imagina se soubesse o que ela fazia...

– Da Maia, isso.
– É boa a casa?
– Um apartamento ótimo. Você tinha que ver.
– Ah...
– Fábio...
– Sim?
– Olha, eu te amo.
– Eu também, Jô.
– Estou com saudade.
– Eu também.
– E estou com saudade das crianças também.

JÔ, VOU TER QUE DESLIGAR AGORA. COMBINEI DE LEVAR O PEDRO E A ALICE AO CINEMA.
ESTÁ BEM. UM BEIJO, ENTÃO.
BEIJO.

A frieza da conversa a amassou. Jô desligou sentindo-se estranha. Algo estava errado. Deitou-se na cama. Ficou de costas, fitando o teto, o coração diminuindo-lhe no peito. Queria entender o que se passava. O que lhe vinha na alma.

Refletiu sobre seu drama. Havia algo que custava a admitir, mas que na verdade sempre soubera: amava o marido. Amava-o solidamente. Fábio era uma pessoa boa, um homem digno, um pai atencioso e, mais importante, a amava também. E Jô amava a vida que eles levavam. Amava seus filhos, amava sua casa, amava os programas que ela e Fábio faziam juntos. Mas... – e este era o problema: o mas... – mas não amava mais fazer sexo com ele.

Essa a questão. Alguém tinha de ajudá-la. Alguém tinha de dizer-lhe o que fazer. Ela não podia passar a vida traindo o marido. Não queria trair o marido. Não podia. Não suportaria isso. Não suportaria mentir para ele. E também não queria se separar. Queria continuar vivendo a sua vida.

O que fazer, então? Desistir do sexo para continuar levando a vida agradável que levava ou desistir do marido e das coisas boas que construíram juntos para experimentar as delícias do prazer carnal? Quem poderia ajudá-la? Quem poderia dizer o que era o certo?

Capítulo 8

Jô passou muito tempo estendida de costas na cama, fitando o reboco do teto, pensando, tentando achar uma saída. Queria pecar e viver sua vida burguesa, queria a aventura e a segurança, queria o prazer e a comodidade, queria a liberdade das noites de solteira e as delícias amenas das manhãs de casada, queria tudo sem abdicar de nada. Queria o melhor de dois mundos.

Talvez estivesse querendo demais.

Maia enfim bateu à porta.

– Está pronta? – gritou do outro lado.

Jô, sentando-se na cama, suspirou e respondeu:

– Sim.

Maia abriu um vão na porta e por ele enfiou a cabeça loira. Observou-a com um sorriso de aprovação:

– Está linda...

Jô sorriu. Maia entrou no quarto:

– Vamos?

– Maia...

– Sim?

– Vem aqui um pouquinho, por favor – Jô deu dois tapinhas no colchão.

Maia entrou. Vestia botas pretas até os joelhos, uma minissaia preta sumária, uma blusa preta que lhe deixava os ombros nus, uma gargantilha preta. Jô a examinou. Maia, percebendo, brincou:

– A dama de preto e a dama de branco. Uma dupla invencível.

Jô sorriu. Maia sentou-se ao lado dela.

– Que foi agora? Algum grilo?

– Amiga... – Jô respirou fundo. – Sei aonde você quer me levar...

– Sabe?

– No lugar onde você trabalha, não é?

Maia riu.

– Espertinha.

– Maia...

– Que foi? – Maia girou os olhos nas órbitas, como se estivesse perdendo a paciência.

— Maia, eu vou ser direta: não quero... me prostituir.

— Amiga — Maia levou a mão à sua coxa nua. Uma mão macia que começou a acariciá-la devagar. — Você não tem curiosidade de ver como funciona a boate? Toda mulher tem, eu sei...

Jô abriu a boca para falar, mas Maia a interrompeu. Continuou argumentando:

— Você não precisa fazer nada que não quiser. Já avisei que vou levá-la. Ninguém vai obrigar você a fazer qualquer coisa. Só quero que me acompanhe, veja onde trabalho, conheça algo novo. Você não quer conhecer coisas novas?

Jô assentiu com a cabeça. Queria conhecer coisas novas.

— Então? — Maia apertou o alto de sua coxa com vontade. Jô sentiu um arrepio. — Vamos?

Jô ergueu-se. Decidiu-se:

— Vamos.

Em meia hora, chegavam ao lugar. No trajeto, Maia falou o tempo todo. Jô ia ver como era tudo muito bonito, muito fino, muito rico, ia ver que as meninas eram alegres e amigas, que os clientes eram respeitosos, que lá uma mulher como ela poderia se divertir e ganhar um dinheiro que jamais ganharia em outra profissão. Jô ouvia aquilo tudo e sentia-se angustiada. Tinha vontade de mandar que Maia parasse o carro para que ela descesse, tomasse um táxi e voltasse para casa. Para casa mesmo: para Porto Alegre, para o marido, para os filhos.

Quando finalmente pôs os pés delicados na boate, quase gritou de ansiedade. Não queria estar ali! Não devia estar ali! Mas era tarde demais.

Entrou.

Analisou o lugar. Havia um DJ num canto, uma pista de dança no centro e mesinhas redondas dispostas em volta. No fundo, um balcão. Dois casais dançavam na pista. Outros estavam nas mesas, rindo e bebendo. Grupos de homens e mulheres conversavam perto das paredes. O ambiente era penumbroso como o de qualquer casa noturna.

Então é assim que é?, pensou Jô, admirada. Mas logo concluiu que aquele lugar não devia ser como outros dos quais ouvira falar. Estavam em São Paulo, onde havia muito mais dinheiro do que no resto do Brasil. Aquela boate parecia... parecia... uma boate comum. Uma boate sofisticada. As mulheres eram jovens e belas, os homens bem vestidos. Não acontecia nada ali que não pudesse acontecer em qualquer pub de Porto Alegre. Jô sentiu um fio de alívio no estômago. Estar ali não significava nada, afinal. Era um lugar como qualquer outro. Uma boate normal... Ninguém a tiraria por vagabunda por ter entrado naquele bar.

Maia tomou-lhe a mão.

– Vamos beber algo – disse.

Estava levando-a para o balcão quando foram interrompidas. Dois homens barraram-lhes o caminho. Sorriram.

– Oi, gatas.

Maia enviou-lhes um oi comprido.

– Estávamos observando vocês desde que chegaram – falou um deles, o mais alto, um homem de uns 35 anos, cabelos curtos, calças jeans e camisa polo azul. Olhava diretamente para Jô, que, em um segundo, já havia feito um diagnóstico visual do tipo: os músculos dos braços saltavam através das mangas da camisa. Devia malhar todos os dias. Era bonito, bronzeado, o que talvez indicasse exercícios ao ar livre. Mas tinha um sorriso confiante demais, quase arrogante. Sinal de quem tem dinheiro. Muito dinheiro.

Jô sentia-se inquieta olhando para ele. Gostou mais do outro, não tão alto, nem tão forte, cabelos acinzentados, talvez mais velho, uns quarenta anos de idade, também de calças jeans, mas com o torso coberto por uma camisa social branca e discreta.

– Acabamos de chegar – respondeu Maia.

– Mas foi o suficiente para nos encantarmos com vocês – rebateu o mais alto. Pelo jeito, só ele falava. Ele falou de novo: – Vamos dançar?

Sem esperar resposta, pegou a mão de Jô e foi puxando-a para a pista. Ela seguiu, entre perplexa com a segurança dele e a sua própria submissão. Maia e o mais baixo foram atrás. Começaram a se embalar no ritmo dos Stones. As coisas começavam a sair do controle.

Capítulo 9

Jô dançava e olhava para Maia, que dançava também. Dançava sensualmente, ondulava feito uma Isadora Duncan, ou, antes, como uma Salomé, como uma Mata Hari. Passava as mãos pelo corpo, fechava os olhos, concentrada no ritmo. O desempenho de Maia a entusiasmou. Jô tentou não pensar mais na situação, no que fazia, onde estava, quem a acompanhava, e dançou, dançou, dançou. A música foi se infiltrando nela e esquentando-lhe os membros. Jô levantava os braços bem alto, bem acima da cabeça, e os baixava e acariciava as próprias coxas e sentia o próprio corpo como se estivesse sendo acariciada por um homem. Os pares das duas amigas se entusiasmaram com as performances de Jô e Maia. O mais alto uivou:

– Uhuuuuuu!

Aproximou-se de Jô, tentando agarrar-lhe pela cintura, mas ela se esquivou, deu um passo para o lado, dançando sempre. Ele queria segui-la, mas Maia, percebendo que ele desagradava a amiga, se encarregou do problema. Fechou-lhe o caminho, rebolando. O homem avaliou a situação, examinou a loira à sua frente, olhou bem para as pernas longas e douradas dela, para o corpo sinuoso, para o rosto perfeito, e concluiu que era um homem de sorte. Tomou-lhe a mão e ficou com ela.

Jô permaneceu sozinha por alguns instantes. O sujeito mais baixo a observava, mas parecia não ter coragem de se aproximar. Jô apreciou essa timidez num ambiente daqueles. Dava a impressão de que ele a respeitava. Continuou dançando sem olhar nos olhos dele, apesar de saber que ele não conseguia tirar os olhos de cima dela. Quando o som mudou para um velho e bom Police, ela enfim concedeu-lhe um olhar fugaz. Ele sorriu, esperançoso. Foi um sorriso tão suplicante por reciprocidade, que Jô não se conteve: sorriu também. Ele pareceu aliviado. Deu dois passos em sua direção, começou a se sacudir na frente dela. Jô notou que ele procurava em alguma gaveta da mente algo para falar. Vai perguntar qual é o meu nome, pensou. E ele, como se a ouvisse, perguntou:

– Qual é o seu nome?

Jô riu.

– O que foi? – quis saber ele.
– Sabia que você ia perguntar isso.
Ele suspirou.
– Sou mesmo um cara previsível...
Jô ergueu as sobrancelhas:
– ISSO não foi previsível.
Ele sorriu:
– Agora vou ter que me esforçar para continuar não sendo.

Jô simpatizou ainda mais com o tipo. Espirituoso. E não era arrogante como o seu amigo.

– E qual é? – ele insistiu.
– O quê?
– Seu nome.
– J... – em meio à resposta, Jô decidiu que deveria mentir. Não seria nada sensato revelar o próprio nome naquela situação. Num centésimo de segundo, resolveu que seu nome seria Caroline, gostava de Caroline, mas já havia pronunciado o jota de Jô e o resto saiu meio confuso, misturado – Ji... ca...
– Jica?

Jica? Mas que droga de nome de guerra ela arrumara.

– É – fosse! – Jica.
– Jica... Interessante. Me chamo Túlio.
– Hm.
– Jica, me diga: você quer beber alguma coisa comigo?

Jô olhou para Maia, que já estava enovelada com o grandão. Maia sorriu para ela e fez sinal de positivo por cima dos ombros do homem. Decerto que não tinha ouvido a conversa, mas devia estar adivinhando o que acontecia. Jô suspirou.

– Vamos – disse.

Túlio, tocando-lhe o cotovelo, a conduziu delicadamente para um canto da boate, uma mesa nas sombras, que Jô nem tinha visto.

– Por favor – disse ele, cavalheiresco.

Ela ia se acomodando numa cadeira, no instante em que ele agiu de uma forma inesperada, num estilo que não parecia o seu:

– Vem cá – falou e a agarrou pela cintura e, sentando-se, fez com que ela sentasse em seu colo.

Jô ia protestar, era muito atrevimento fazê-la sentar-se assim no colo dele, mas, antes que pudesse pronunciar uma sílaba, Túlio a beijou na boca, enfiou-lhe a língua entre os dentes, pressionou-lhe os músculos das pernas, puxou-a para baixo e Jô... Jô cedeu. Beijou-o também, e era um beijo que ressumava a pecado. Acavalou-se sobre suas pernas, e sentiu-se bem ao fazer isso. Sentiu-se uma vadia e pensou isso: sou uma vadia, uma vadia...

As mãos de Túlio percorriam seu corpo, suas pernas, suas coxas, suas nádegas.

DE REPENTE, UMA MÃO BAIXOU-LHE A ALÇA DO VESTIDO. UM DOS SEIOS FICOU NU, EXPOSTO EM PÚBLICO. MAS ELA NÃO SENTIU VERGONHA, NÃO, SENTIU-SE AINDA MAIS VAGABUNDA, AINDA MAIS LOUCA, E ISSO A EXCITOU.

EM UM SEGUNDO, A BOCA DE TÚLIO ESTAVA SOBRE AQUELE SEIO, BEIJANDO-O, SUGANDO-O, E JÔ OFEGAVA E GEMIA E JÁ NÃO AGUENTAVA MAIS E ELA ATÉ GEMEU BAIXINHO:

COMO SOU VAGABUNDA... COMO SOU VADIA... COMO SOU CACHORRA...

Estava tão excitada que, se ele quisesse, se entregaria ali, em público, sob os olhos de dezenas de pessoas. Mas algo aconteceu.

Capítulo 10

Acavalada no colo de um estranho, mal coberta por um vestido sumário e uma calcinha minúscula, suas coxas e nádegas completamente expostas, um de seus seios nu, era assim que Jô estava naquele momento, numa situação pela qual jamais imaginaria poder passar em sua vida tão comportada, tão certinha, tão familiar. Uma das mãos do homem que ela conhecera minutos antes, um homem de quem ela sabia apenas o nome e nada mais, um homem que ela nem sequer supunha ser mau ou bom, honesto ou indecente, uma das mãos dele afagava-lhe as nádegas com gana, enquanto seus dentes mordiscavam-lhe o seio. Jô gemia e ofegava, entregue, possuída pelo desejo, pronta para pecar, pronta para se transformar numa vadia, uma vadia, uma vadia, era como ela pensava em si mesma naquele instante, sou uma vadia, pensava, e gania e uivava como uma cadela:

– Ai. Aiai. Au, ai, au... au...

Então aconteceu algo inesperado. Ou, pelo menos, era inesperado para ela: o homem tirou a boca de seu seio, ergueu os lábios até o lóbulo de sua orelha e, beijando-o, perguntou, baixinho:

– Quanto é o programa?

Programa??? Programa!!! Jô retesou-se como se tivesse levado um choque. E foi mesmo um choque. Não conseguia imaginar-se recebendo dinheiro para fazer sexo. Aquilo era contra tudo o que lhe havia sido ensinado na vida. Sua família, sua educação cristã, suas crenças, tudo! Ela praticamente saltou do colo de Túlio. Pôs-se de pé. Ajeitou o vestido. Sabia que palavra sairia agora de sua boca, uma palavra recorrente em suas últimas aventuras pelo país. Balbuciou, olhando para ele, ainda ofegante:

– Não...

A imagem do marido e dos filhos em casa, brincando no tapete da sala, surgiu à sua frente. Jô sentiu-se suja. Repetiu:

– Não.

Túlio ergueu-se da cadeira.

– O que foi?

– Não! – disse mais uma vez Jô, agora com mais ênfase.
– Mas o que é isso?

Túlio aproximou-se dela sorrindo. Jô recuou um passo.

– Vem cá – grunhiu Túlio, estendendo dois braços de polvo.

Jô deu mais um passo para trás. Mas ele foi mais rápido. Enlaçou-a pela cintura, apertou-a contra o seu corpo, resfolgou em seu pescoço.

– Gostosa! – disse, entre dentes.
– Não! – Jô tentava se livrar, mas ele era muito mais forte.
– Gostosa! – ele repetiu, e parecia estar sentindo prazer em dizer aquela palavra. – Gostosa! – gemeu novamente. Com o braço esquerdo, prendia-a com força contra seu próprio corpo. A mão direita ele abaixou e enfiou-a dentro de sua calcinha. Empalmou seu sexo. Jô gemeu:

– Nnnnn...

OS DEDOS DELE COMEÇARAM A EXPLORÁ-LA. ELA NÃO QUERIA, NÃO QUERIA! QUERIA SAIR DAQUELE ABRAÇO, QUERIA IR EMBORA. SENTIA-SE VIOLADA, SENTIA-SE IMUNDA, SENTIA REPULSA POR AQUELE HOMEM. A FORÇA DE TODOS ESSES SENTIMENTOS TOMOU CONTA DELA, E ELA GRITOU MAIS UMA VEZ:

NÃO!!!

E empurrou Túlio contra a mesa. Ele perdeu o equilíbrio e desabou. Do chão, olhou-a, perplexo.

– Cadela! – urrou, levando a mão às costas, com toda a probabilidade feridas.

Jô nada disse. Saiu correndo sob as vistas de todos na boate.

– Jô! – gritou Maia. – Jô!

Mas Jô não parou de correr, até ser detida na porta por um segurança.

– Aonde você vai, vagabundinha? – perguntou o homem, um sujeito alto, vestido de paletó e gravata.

– Não sou vagabunda! – gritou Jô, livrando-se do segurança.

– Jô! – era Maia quem chegava para socorrê-la. – O que aconteceu?

– Vamos sair daqui! – pediu Jô. E, vendo que Túlio já estava de pé e começava a caminhar em sua direção, insistiu: – Vamos sair agora!

Capítulo 11

— Vamos sair daqui! – Jô implorava para Maia. – Por favor! Depois eu explico!

— Está bem – Maia tomou-a pela mão, fez um sinal para o segurança e abriu a porta da saída.

Em cinco minutos estavam deslizando pela cidade a bordo do carro importado de Maia, a paisagem feita de pedra, vidro e néon desfazendo-se do lado de fora, o asfalto das avenidas semidesertas sendo engolido pelos pneus.

— Mais calma? – perguntou Maia.

Jô suspirou:

— Desculpe, amiga, acho que fui infantil...

— O que aconteceu?

— Uma bobagem...

— O que foi? Conta.

— Aiai... ele perguntou quanto era o programa...

— E o que você esperava?

— Não sei, eu não estava pensando nisso naquele momento...

— Você parecia empolgada com ele.

Jô corou.

— Eu... estava... empolgada...

— Percebi.

— Ai, Maia, não seja debochada.

— Não estou sendo debochada. Só estou comentando a cena que vi pouco antes de você ter aquele ataque. Foi só porque ele perguntou quanto você ia cobrar? Mas isso é normal, amiga... Onde você estava é normal.

— Eu sei, mas não tinha pensado nisso antes. Imagina: eu fazer um preço por uma noite de sexo. Eu me vender. Eu não sou uma vagabunda!

Mal concluiu a frase, Jô arrependeu-se dela. Estava dizendo que sua amiga Maia era vagabunda, obviamente. Bem, ela era, era uma prostituta de luxo, mas não se tratava de uma qualquer.

— Desculpe, Maia – corrigiu Jô, com o rosto completamente vermelho. – Não quis ofender você.

Maia riu.

– Tudo bem. Eu sou mesmo uma vagabunda.

Jô respirou fundo.

– É que não estava preparada para ouvir aquilo, entende? Pensei na minha família lá em Porto Alegre e fiquei com vergonha.

– Eu entendo, querida. Não precisa ficar assim. Mas vou dizer uma coisa: aquele homem, ele talvez fique incomodado com o que aconteceu.

– Por que você está dizendo isso?

– Sabe aquele que estava comigo?

– O amigo dele?

– Esse. Sabe o que ele é? Não é amigo dele. É segurança dele.

– Do Túlio.

– Isso. Desse Túlio. Ele é um empresário importante, segundo me disse o segurança. Um cara cheio de dinheiro que está acostumado a pegar o que quer. Ou melhor: pagar pelo que quer.

– Bom, ele não vai nem pagar por mim e nem vai me pegar.

– Uma pena pra ele.

Jô sorriu.

Chegaram ao apartamento. Maia serviu-lhes tequila, um copinho para cada uma.

– Vamos relaxar um pouco – sorriu.

Jô sorveu o conteúdo do copo em dois minutos. Maia serviu mais.

– Tintim!

– Tintim.

– À nossa amizade.

– A você, Maia, minha salvadora.

No terceiro copo, Jô sentia-se totalmente relaxada. Já estavam rindo da situação.

– Você é uma covarde mesmo – brincava Maia. – Chega de regular! Você tem que se entregar! Tem que ver o que existe do outro lado da vida. A vida é muito curta, você precisa aproveitar, precisa viver mais!

– Eu sei disso, amiga – miou Jô, bebendo mais um pouco. Notou que sua voz já estava pastosa.

– O que vale da vida é isso – continuou Maia. – É a gente aproveitar. Se divertir. Depois, tudo passa, a gente envelhece e não consegue fazer mais nada, não consegue mais atrair ninguém, não consegue mais fazer o que a mente quer, o que a vontade quer...

– Eu sei...

– E aí? Do que valeu todo o cuidado? Do que valeu a moral? Por favor, Jô! Me diga: se você transar com alguém, com qualquer pessoa, você está fazendo algum mal? Você realmente estará fazendo mal ao seu marido?

– Não... Claro que não. A não ser que ele descubra.

– Mas não é um mal de verdade. É só algo que as pessoas dizem que é mal. É cultural. Se ele aceitasse, não seria mal, seria?

– Não... Acho que não.

– Claro que não! Você só faria o bem! Para você e para quem fizesse amor com você. E é isso que é: é amor. Amor jamais faz mal.

Ficaram alguns segundos em silêncio, bebendo. Maia completou os copos mais uma vez.

– Jô... – ela olhou fixamente nos olhos de Jô.

Jô a encarou, curiosa.

– Que foi?

– Quero que você faça uma coisa.

– O quê?

– Levante.

– Hein?

– Levanta agora. Do sofá.

Jô obedeceu. Parou de pé diante da amiga.

– Agora – a voz de Maia tornou-se mais profunda. – Quero que você tire o vestido.

Jô hesitou durante alguns segundos.

Não mais do que alguns segundos.

Depois, baixou as alças do vestido e o deixou escorregar até os tornozelos. Passou um pé sobre o vestido amontoado no chão, depois outro. Ficou mais perto de Maia, ainda sentada. A respiração de Jô estava pesada. Os bicos de seus seios enrijeceram. Maia sentou-se na beira do sofá. Estava a um palmo da cintura de Jô, que continuava parada, as mãos ao longo do corpo, só de calcinha e sapatos de salto alto.

– Você é linda – ronronou Maia, erguendo as mãos, levando-as até as alças da calcinha de Jô e, lentamente, suavemente, delicadamente, carinhosamente, baixando-as pelas coxas torneadas, pelos joelhos redondos, pelas canelas lisas da amiga. Jô gemeu baixinho de excitação e medo.

– Linda... – repetiu Maia, e começou a beijar-lhe as pernas, a lamber-lhe as coxas, a alisar-lhe os flancos.

Jô sentiu que ia desfalecer de prazer e ali, naquele exato momento, decidiu que ia se entregar. Que Maia fizesse com ela o que bem entendesse. Que usufruísse do seu corpo. Que lhe desse prazer. Que a tomasse como se ela fosse sua propriedade. Fosse o que fosse. Azar. Ou sorte. Ia se entregar!

– Maia... – gemeu. – Maia...

E Maia se ergueu, e colou-se a ela, e beijou-lhe as faces, o nariz, a testa, os olhos e finalmente a boca. Maia tinha uma boca macia, uma língua quente e lábios doces. Jô gostou, Jô ia enlouquecer. Então...

Capítulo 12

A campainha.
Alguém tocou na campainha do apartamento de Maia. Que se sobressaltou. Despegou a boca da boca ofegante de Jô, que ficou desconcertada com a aflição da amiga.
– O que foi?
– A campainha – disse Maia. – O porteiro sempre avisa se alguém está subindo. Quem pode ser?
Jô, ainda sentindo os eflúvios da tequila, ainda excitada, ainda nua, grudou-se ao corpo da amiga.
– Não atende – pediu, sentindo-se uma menininha.
Maia passou a mão por seus cabelos. Sorriu.
– Não vou atender – respondeu, aproximando a boca mais uma vez da boca de Jô, que entreabriu os lábios, esperando sentir mais uma vez a língua quente da amiga.
Mas a campainha voltou a soar. E de novo. E de novo. Maia retesou-se.
– O que é isso, meu Deus?
Começaram a socar a porta. Maia soltou Jô, deixou-a parada de pé sobre o tapete, de sandálias de salto alto e nada mais. Correu até a porta da frente.
– Quem está aí? – gritou.
– Jica! – alguém chamou do outro lado. – Jica!
Maia girou a cabeça por cima do ombro. Olhou para Jô:
– Chica?
– Deve ser aquele louco! – Jô colheu o vestido do chão. Segurou-o contra o corpo nu.
– Que ideia é essa de Chica?
– Jica. Sei lá. Saiu na hora. Ia dizer Jô, depois ia dizer Caroline, e acabou saindo isso.
– Jica! Jicaaaa! Abre a porta! Eu sei que você está aí.
– Aqui não tem nenhuma Chica! – respondeu Maia, assustada.
– É Jica – corrigiu Jô.
– Abre a porta!
– Já disse que aqui não tem nenhuma Chica!

– Jica...
– Eu sei que ela está aí!
– Vai embora!
– Abre a porta! Jica! Jicaaaa!
– Vai embora! Aqui não tem nenhuma Chica!
– Por favor! – a voz dele agora mudou de tom. E era uma voz que implorava, era uma voz desesperada. – Por favor! Jica, eu sei que fui grosso, eu sei que fui precipitado. Me desculpe... Olha, eu trouxe champanhe para me desculpar. E bombons. E flores. Muitas flores. Por favor... Jica...

Jô e Maia se entreolharam. Jô enfiou o vestido pela cabeça, às pressas.

– Jica! – repetiu ele.

Aproximando-se da porta, parando ao lado de Maia, Jô gritou:

– Esse é o apartamento da minha amiga. Não era para você estar aqui!

– Jica... – o acento de esperança escorreu das cordas vocais dele, passou por baixo da porta e escalou o corpo sinuoso de Jô até alcançar os seus ouvidos. – Jica... Eu só vim me desculpar. Por favor! Abre a porta. Depois de me desculpar eu vou embora.

Maia segurou no cotovelo de Jô:

– Devo abrir a porta?

Jô hesitou. Sussurrou:

– Não sei... Será que ele só quer se desculpar mesmo?

– E se for um tipo violento? E se os dois quiserem nos violentar aqui dentro? Ninguém vai nos acudir. Para eles, nós somos duas meretrizes, só isso...

– Jica, por favor! Eu nunca encontrei nenhuma mulher como você. Estou louco por você! Louco! Eu só quero pedir perdão. Por favor!

Jô apertou os lábios.

– Vamos abrir – decidiu.

E caminhou decidida em direção à porta.

– Jô – chamou Maia.

Jô virou-se para ela:

– Vou abrir.

– Jô!

– Vou abrir.

Abriu.

E a primeira frase que disse foi:

– Meu nome não é Jica.

Último capítulo

Eles entraram carregados. De seus braços pendiam baldes metálicos com garrafas de champanhe enfiadas quase que até o gargalo em outeiros de gelo, suas mãos seguravam frondosos buquês de rosas vermelhas, seus cotovelos prendiam contra as costelas caixas de morangos frescos.

– Meu Deus – admirou-se Jô, abrindo a porta, permitindo que eles entrassem com a carga.

Deram alguns passos para dentro da sala. Estacaram. Túlio a encarou com um sorriso humilde a lhe luzir nos olhos:

– Fui um grosso. Preciso pedir desculpas. Sei que vocês são mulheres especiais, dessas que a gente não encontra por aí, e preciso demonstrar como sinto o que aconteceu na boate.

Jô sorriu. Maia suspirou. Em um minuto, os quatro estavam instalados na sala, aboletados nos grandes sofás brancos, brindando com taças de cristal, trinchando moranguinhos, as rosas exalando gás carbônico na mesinha de centro.

– Então você não se chama Jica?
– É Jô...

– Jô... Muito melhor...

– Vocês nos seguiram? – perguntou Maia.

– Seguimos – confessou Túlio, ainda sorrindo, sem desviar os olhos de Jô.

– Não percebemos.

– O Telmo é bom em perseguições – Túlio virou-se para Jô. – Desculpe, não apresentei meu amigo: Telmo, Jô; Jô, Telmo.

– Amigo? Ele não trabalha para você?

– Trabalha, mas, antes de trabalhar, já era amigo. É amigo mais do que tudo.

– Hum...

– Como vocês subiram até o apartamento? – Maia estava preocupada com a segurança burlada.

– Chegamos com essas flores e essas champanhes – Túlio apontou para a mesinha em que as rosas e os baldes de champanhe descansavam. – Dissemos que era uma surpresa. E, claro, demos uma pequena comissão ao porteiro para que ele nos deixasse subir.

– Que safado! – Maia referia-se ao porteiro. – O síndico vai saber disso!

– Deixa pra lá. Coitado do homem – Túlio fez um gesto de desdém. – Hoje ele ganhou mais do que o salário de um mês.

– De dois meses! – completou Telmo.

Maia não parecia disposta a perdoar o porteiro. Continuava com o cenho franzido, olhando para os próprios joelhos. Foi num deles, o direito, que Telmo pousou a mão. Afagou-lhe a rótula redonda. Maia ficou indecisa: não sabia se censurava a ousadia ou se aproveitava o afago. Estava gostando do afago... Mas, ao mesmo tempo, não gostava da presença de homens em sua casa, sobretudo homens que frequentavam o lugar em que ela trabalhava. Se bem que aquela era uma situação diferenciada. Havia Jô – ela olhou para a amiga – e, para Jô se soltar, só mesmo havendo uma situação diferenciada.

– O importante é que estamos aqui – falou Telmo, sorrindo. – Um brinde a isso! – tirou a mão do joelho dela e ergueu a taça de champanhe.

Brindaram. Jô sentiu o sabor frisante de uma Veuve Clicquot de duzentos dólares refrescando-lhe o céu da boca. A conversa começou a escorrer com naturalidade. Eles eram homens divertidos, não pareciam cultivar preocupações na vida. Toda aquela champanhe, toda a tequila bebida momentos antes, todas as agitações da noite, tudo aquilo fez de Jô, por um momento, uma mulher também sem preocupações. Sentia-se à vontade, sentia-se feliz e plena, sentia-se livre ali, naquela cidade que não era a dela, numa casa que não era a dela, conversando com homens que conhecera havia poucas horas.

Riam como se fossem os melhores amigos, mas, ao mesmo tempo, não existia naquelas relações o peso do passado. Jô, diante deles, era apenas Jô. Evitou falar da sua história e eles, por sensibilidade ou talvez por desinteresse, não perguntaram a respeito. Quando falava dela era sobre suas preferências ou sentimentos, jamais sobre suas ações. Isso era bom, isso, ao mesmo tempo, lhe dava liberdade de apenas ser, sem se preocupar com o que fora. Jô estava só... existindo... Ninguém naquela sala ligava se ela era casada, jornalista, mãe de filhos, filha de quem quer que fosse. Só se importavam se ela gostava de champanhe e morangos, se gostava de Bob Dylan, se gostava de dançar.

– Vamos dançar? – sugeriu Túlio, e logo os quatro rodavam ao som de um blues suave, protegidos pela meia-luz da sala, acalentados pelo tapete de quatro dedos de altura. Dançavam agarrados como se fossem casais apaixonados, sentiam o calor dos corpos de seus pares, dançavam muito perto uns dos outros, Jô com Túlio, Maia com Telmo.

Às vezes um casal roçava no outro e os quatro meio que se misturavam e riam e se confundiam, e o rosto de Jô tocava no de Telmo, no de Maia, no de Túlio de novo, estava tudo muito brumoso, tudo muito confuso, todos eles se confundiam, então Jô sentiu a boca de Túlio procurando sua boca e ela entreabriu os lábios e recebeu a língua dele e o beijo foi longo e bom e ao mesmo tempo as mãos dele lhe acariciavam as costas e aí Jô sentiu uma mão, outra mão, de quem seria aquela mão que lhe ergueu com doçura o vestido curto e lhe apalpou as nádegas com fome? Ela não sabia, mas aquela mão, na verdade aquelas mãos, que eram duas, aquelas mãos sabiam o que fazer.

Exploravam-lhe as nádegas com calma precisa, como quem sabe onde quer chegar, e Jô pensou que havia quatro mãos acariciando-a e logo havia uma segunda boca sugando-lhe um seio e Jô não sabia mais de quem eram as mãos, de quem eram as bocas, e pensou que eles ali, todos eles, todos os três a desejavam, queriam possuí-la, queriam tê-la, e era bom saber-se assim cobiçada, como se ela toda fosse um banquete, que desse prazer aos outros, ela, a fonte do prazer, ela, seu corpo, como um objeto, era bom ser um objeto, era bom tão somente ser... Ser... Ser...

(...)

No dia seguinte, acomodada na poltrona do avião, voando de volta para casa, Jô pensava na noite anterior e não sabia ao certo o que sentia a respeito. Um tanto de vergonha, sim, ela sentia vergonha. Jamais pensara ser capaz de ter feito o que fez ou de permitir que fizessem o que fizeram. Outro tanto orgulhosa, pelos mesmos motivos. Havia mais uma porção de ansiedade palpitando-lhe no peito, porque Jô não sabia o que viria a seguir, no que se transformara, se podia continuar com a vida que sempre levara. Teria feito certo? Teria ultrapassado alguma fronteira a partir da qual não havia retorno? Jô não sabia de mais nada. Viajara para se conhecer, e agora só tinha dúvidas.

Não conseguiria nem contar para alguém o que aconteceu naquela noite. Nem para sua melhor amiga, Rita Helena, que se dizia liberal. Nem para um terapeuta, se tivesse terapeuta. A cabeça de Jô rodava. Por causa da bebida, por causa da noite indormida, por causa da excitação, por causa da angústia. Por causa de sua vida. O que seria de sua vida a partir de agora?

Era uma das perguntas que teria de responder. A outra era: poderia contar o que aconteceu naquela noite para alguém? Deveria? Será que as pessoas de sua relação não se escandalizariam ao tomar conhecimento de tudo... tudo o que ocorreu naquela noite com Jô? Não... Não... Não seria possível contar o que se passou. Se contasse, muitos se escandalizariam e a censurariam, o que seria bem ruim; e outros tentariam imitá-la, o que talvez fosse pior.

O que Jô faria com suas novas experiências? O que Jô seria a partir de agora? Eram perguntas que ela buscaria responder.

JÔ EM CASA

Capítulo 1

Uma senhora casada, mãe de filhos, pode olhar com cobiça sensual para outros homens que não o seu marido?

Uma senhora casada, mãe de filhos, pode tocar-se com volúpia e ânsia enquanto toma banho de banheira, à tardinha?

Uma senhora casada, mãe de filhos, pode gastar uma hora do seu dia a admirar o próprio corpo nu no espelho grande do quarto, e, enquanto se admira, imaginar o que um grupo de homens sequiosos por sexo sem limites seria capaz de fazer com ela?

Uma senhora casada, mãe de filhos, pode sentir gana de ser desejada até por mulheres?

Não.

Claro que não.

Senhoras casadas, mães de filhos, não cometem loucuras desse quilate. Mas era assim que Jô vivia seus dias, agora. Depois da experiência em São Paulo, não tinha mais paz. Cruzara uma fronteira e sabia que não havia retorno. Mas era só o que sabia. De si, não sabia mais nada. Não sabia ao certo nem o que pensar sobre seus sentimentos, sobre o que queria ou deixava de querer. Sobre quem era. Uma devassa? Uma vadia? Era errado o que havia feito?

O que havia feito...

O que havia feito...

Jô relembrou mais uma vez o que aconteceu naquela noite paulistana. A forma como se entregou aos caprichos não de um homem, mas de dois. E mais uma mulher. Sua linda amiga Maia. Maia e seu corpo flexível, Maia e seus dedos indômitos, Maia e sua língua insaciável, Maia e sua ousadia sem limites. Como Maia era capaz de fazer as coisas que fazia? Como Jô foi capaz de deixar que ela fizesse o que quisesse? Que vergonha.

E que prazer.

O prazer. Naquela noite, Jô de repente viu-se transformada no centro de prazer daqueles três, no prato principal do banquete, no brinquedo preferido. E eles brincaram, ah, como brincaram. Às vezes ela queria protestar, gritar que parassem, que era demais, que não aguentaria tudo aquilo que faziam com ela. Mas eles fizeram, e fizeram, e fizeram de novo. E Jô aguentou. E... gostou... Admitia: gostou.

Sim, era uma vadia. Uma mulher que fazia o que ela fez, que permitia que lhe fizessem o que ela permitiu, essa mulher era uma vadia.

Ou não?

Ou será que não havia mal algum? Ou será que, como sua amiga Maia disse, ela não estava prejudicando ninguém, estava apenas dando e recebendo prazer? E seu marido Fábio? Teria feito algum mal a ele? Afinal, ele não sabia de nada, jamais descobriria uma fatia sequer do que aconteceu quando ela estava em viagem, disso estava certa. Logo, o que fazia com o próprio corpo era um assunto só dela, não é?

Não é???

Jô não tinha certeza. Às vezes, sentia-se suja ao lembrar as coisas que fez naquela noite. Noutras vezes, as mesmas recordações a excitavam. Às vezes Jô jurava quase às lágrimas que jamais repetiria algo parecido. Noutras vezes, punha-se tão ansiosa de voltar a experimentar aquelas sensações que chegava a ligar para a agência de viagens a fim de comprar passagem para São Paulo. Não, Jô não sabia mais quem era. Tinha se transformado. Sentia-se outra. Inclusive fisicamente. Mudara a cor do cabelo mais uma vez. Na sua viagem solitária de carro, era castanho. Antes de ir para São Paulo, trocou para loiro. Agora, experimentava o ruivo.

Seu closet também havia sido renovado. Jô vestia roupas mais ousadas, mais provocantes, roupas que lhe expunham nacos do corpo antes só apreciados pelo marido, no recôndito do quarto.

O marido... Fábio também mudara e, Jô não se enganava, foram as aventuras dela que impeliram as transformações dele. Fábio, obviamente, não sabia de nada do que ocorrera quando ela se lançara país acima, mas algum instinto de macho ameaçado avisava-lhe que estava a perigo, que estava prestes a perder sua fêmea para outros machos. Fábio, então, se tornara dócil como jamais fora. Não possuía mais aquela segurança típica de homem experiente, que despertava a concupiscência de outras mulheres. Não. Vinte anos mais velho, Fábio agora sentia-se em desvantagem física ante sua mulher bela e desejável, sobretudo porque ela, agora, queria mais do que a vida familiar. Queria experimentar o que ele já havia experimentado. E o principal: querendo, ela podia. Tenra e rija, sensual e discreta, Jô açulava os instintos dos homens.

De quaisquer homens.

Açulou de um em especial. O mais proibido deles. Aquele que, de todos no mundo, era o mais interdito a Jô.

Lucas. O irmão de Fábio.

Capítulo 2

Lucas era dezoito anos mais jovem do que Fábio e dois anos mais velho do que Jô. Fazia o tipo atlético. Enxergava o mundo do alto de seu quase um metro e noventa, tinha os músculos das longas pernas e dos longos braços definidos pela prática de todo gênero de esporte – Lucas disputava provas de triatlo, jogava tênis, basquete e futebol, tudo como um profissional. As atividades ao ar livre lhe conferiam um tom acobreado de pele que combinava com os cabelos igualmente cor de cobre. Riso fácil, descontraído, espirituoso, era, para além de todos esses predicados, bem-sucedido profissionalmente. Antes dos trinta anos, conquistara a independência financeira graças aos seus conhecimentos na área econômica.

Fluente em inglês, espanhol e francês, circulava com naturalidade pelos meandros selváticos do mercado financeiro internacional. Bancos e empresas de todo o mundo o contratavam como consultor. Na bolsa de valores, tornara-se uma lenda. Volta e meia recusava convites para trabalhar até para governos estrangeiros.

Um homem desse quilate tinha a mulher que quisesse. Elas adejavam em torno dele, pidonas. Mas Lucas não tinha mulher; tinha mulheres. Conquistava-as e as descartava com a mesma desenvoltura com que cobrava uma falta da meia-lua nos jogos de fim de semana. Jamais se apegava. Levava a sério apenas uma: Jô, a mulher de seu irmão Fábio.

Jô era a única mulher de quem Lucas ouvia a opinião, a única com quem conversava de verdade, a única a quem pedia conselhos. Jô era sua amiga de verdade.

Amava-a como a uma irmã, e era desta forma que se tratavam desde sempre: como maninhos. Brincavam feito crianças, Lucas fazia-lhe cócegas nos flancos e pregava-lhe peças. Jô protestava, simulando irritação. Lucas contava-lhe sobre suas aventuras, Jô ria como se estivesse ouvindo confissões de um menino arteiro. Jamais houve conotação sexual em seu relacionamento.

Até que Jô retornou da viagem a São Paulo.

Na primeira vez que se encontraram, Lucas percebeu a mudança:

— Você está diferente — constatou, depois de um churrasco em família, os dois à beira da piscina, tomando sol.
— Diferente como?
— Sei lá, parece mais... mulher...
Jô riu:
— Quer dizer que envelheci?
— Não! Ao contrário, parece até mais jovem. Só que... Não sei... É que...
— Vai um licorzinho aí? — interrompeu Fábio, vindo de dentro da casa com uma garrafa gelada de Cointreau.

A conversa não teve prosseguimento, mas a partir daquele dia Lucas passou a olhar Jô de um jeito diferente, e ela o percebia. Às vezes, flagrava-o a fitar-lhe, entre absorto e extasiado, um naco de coxa exposto pelo seu cruzar de pernas durante um jantar de fim de semana. Noutras, ela se debruçava sobre a mesa e notava que o olhar do cunhado enfiava-se por seu decote adentro e descia-lhe o vale macio dos seios. E Jô gostava disso. Não que tivesse qualquer intenção sexual com o cunhado, mas apreciava provocar aquele homem disputado pelas mulheres. Não pretendia nada com Lucas, nem sequer pensava nele quando ele não estava por perto, mas o jogo levemente erótico entre eles a agradava, demonstrava seu poder de fêmea, provava para ela mesma a sua capacidade de açular os instintos masculinos.

A coisa ia assim, navegando sobre um mar de brejeirice de certa forma inocente, até um domingo em que Fábio foi ao jogo de futebol, os filhos saíram cada um para um programa com os amigos e ela e Lucas ficaram a sós, em casa, à beira da piscina. Eles bebiam caipirinha de vodca e já estavam altos, eles se jogaram os dois na piscina, ela com seu biquíni minúsculo, ele com seu corpo de Apolo, e nadaram juntos e brincaram como duas crianças, até que ele mergulhou e a agarrou pelas pernas compridas e macias, puxando-a para baixo como se quisesse afogá-la, e ela sentiu a pressão da mão dele em suas coxas e riu e se desvencilhou, e ele emergiu e saiu da água como um semideus aquático de músculos retesados e luzentes d'água, e seus rostos ficaram a centímetros um do outro, e então, sem que eles descobrissem de quem foi a iniciativa, como se fosse algo muito natural, esperado, previsto, escrito no roteiro, então eles se beijaram...

FOI UM BEIJO LONGO, OFEGANTE, UM BEIJO EM QUE UM PARECIA SEQUIOSO DA BOCA DO OUTRO, UM BEIJO DESESPERADO, SEM FIM, MAS QUE ACABOU E, QUANDO ACABOU, JÔ OLHOU NOS OLHOS DE LUCAS E COMO QUE SE CUROU DA BEBIDA NUM ÁTIMO E GRITOU UM GRITO QUE, DE UNS TEMPOS PARA CÁ, ESTAVA ACOSTUMADA A GRITAR:
– NÃO!

NÃO!!

SAIU CORRENDO DA PISCINA, DEIXANDO-O ALI, DESAMPARADO, BOQUIABERTO E ENVERGONHADO.

Capítulo 3

Aquele beijo passou a ocupar todos os espaços da cabeça de Jô. Era só no que pensava, todos os dias, o dia inteiro. Estava certa, completa, absoluta, radical, brutalmente certa de que não pretendia ter nada com o cunhado. De que aquilo fora apenas um acidente sensual, um escorregão, um caso do acaso que não teria futuro nem sucesso. Mas o beijo a perturbara, isso não podia negar. Fora um beijo bom, um beijo demorado, amoroso e excitante, que lhe despertara vontades e sentimentos. Não lembrava mais a última vez em que fora beijada assim, não apenas com desejo, mas também com afeto.

Na noite do dia em que foi beijada, praticamente não dormiu. Atravessou-a rolando na cama, o peito apertado, a mente em ebulição. Lembrava dos braços fortes de Lucas cingindo-a, tomando-a, acariciando-a, e queria de novo e não queria nunca mais e de novo queria outra vez e mais uma vez não queria jamais.

Nos dias seguintes, Lucas não apareceu. O que era de se estranhar. Desde menino, Lucas frequentava a casa do irmão mais velho como se fosse a sua própria ou a de seus pais. Aparecia para jantar pelo menos três vezes por semana e, aos sábados, sempre almoçavam juntos. Mas, depois daquele beijo, ele sumiu. Ficou quase um mês sem dar notícias, o que deixou Fábio bastante preocupado.

– Alguma coisa aconteceu com meu irmão... – comentou, durante um almoço de domingo.

Jô sentiu o sangue latejar nas têmporas à menção do cunhado. Será que Fábio desconfiava de algo? Era uma hipótese com todo o sentido. Afinal, na última vez em que Lucas os visitara, ele e ela, Lucas e Jô, haviam ficado sozinhos na piscina por algumas horas e, quando Fábio retornou, o irmão já saíra e não mais retornara.

Como ela deveria agir? Deveria perguntar a razão do comentário de Fábio? Deveria ignorá-lo e mudar de assunto? Deveria simplesmente não responder? Fincou o garfo na chuleta de porco dourada, coberta de rodelas de cebola, ela adorava chuleta de porco dourada, coberta de rodelas de cebola. Pensou. Concluiu que devia ser sincera e dizer que também reparara no sumiço do cunhado.

– Pois é – comentou, esforçando-se para ser casual. – Ele não aparece mais... Mas o que pode ter acontecido?

– Acho que é algo com alguma mulher – Fábio pronunciou essa frase olhando fixamente para ela, a mão esquerda segurando a faca, a direita segurando o garfo, ambas pousadas na borda da mesa.

Por que aquele olhar? Seria algum tipo de acusação muda? Será que Fábio estava mesmo desconfiado? Jô sentiu a garganta se fechar. Perdeu o apetite naquele instante. Percebeu que seria quase impossível continuar comendo.

– O que houve com o tio? – quis saber o filho Pedro, no outro lado da mesa.

– Algum acidente? – emendou Alice, a filha.

– Não – Jô queria acabar logo com aquele assunto. – Deve ser alguma namorada nova mesmo. Vocês sabem como é o tio de vocês. Está sempre envolvido com alguma mulher – e, calculando que com a observação certa poderia desviar a conversa para outro tema, propôs: – Que tal irmos todos tomar um chimarrão no Parcão hoje à tarde?

– Ah, mãe – protestou Pedro. – Eu quero ir ao jogo!

– E eu combinei de me encontrar com a Cíntia – reclamou Alice.

Deu certo. Os minutos seguintes foram consumidos no debate do programa vespertino. Jô prosseguiu empurrando a comida goela abaixo, enquanto Fábio se manteve em um silêncio que só fez crescer a apreensão dela. O que será que se passava pela cabeça do marido?

Nenhum outro sinal foi emitido por Fábio no restante do almoço, da tarde e da semana. Jô já estava se acostumando com a ausência do cunhado, estava até preferindo que fosse assim. Sem Lucas por perto, não existia dilema algum, nem constrangimento, nem tentação. Mas, na sexta-feira, ela recebeu um telefonema que lhe tirou a paz. Trabalhava em casa, no pequeno escritório que montara no segundo andar. Tentava se concentrar para escrever uma matéria sobre o aproveitamento da fibra da banana no desenvolvimento econômico de áreas do Norte de Santa Catarina, quando o marido ligou do trabalho e, antes mesmo de dizer alô, anunciou:

– Era mulher mesmo.

Jô não entendeu:

– Quê?

– A razão do sumiço do Lucas.

– Ahn? – o nome de Lucas fez com que seus pensamentos se embaralhassem. A fibra da banana no Norte de Santa Catarina. Lucas. O marido. Sumiço. Mulheres. Banana.

– Era mulher. Ele está de namorada nova.

– Namorada nova?

– É. Ele vai à praia conosco amanhã. E vai levar a namorada.

– Vai levar?...

– Vai. Deve estar apaixonado, para fazer isso.

Apaixonado... O coração de Jô quase que lhe saiu boca afora e enfiou-se pela linha telefônica.

– Apaixonado... Deve estar...

– Estou ansioso para conhecer a moça.

– Eu também...

Ao desligar o telefone, Jô não sabia o que pensar. O que significava aquilo? O que Lucas pretendia? Que namorada era aquela? Por que reaparecer daquela forma?

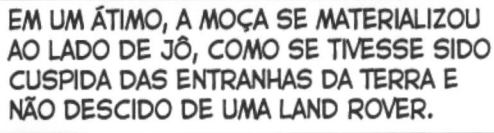

NO DIA SEGUINTE, MANHÃ DE SÁBADO, JÔ AINDA ESTAVA ENCAIXANDO AS BAGAGENS NO PORTA-MALAS QUANDO LUCAS APARECEU COM A NOVA NAMORADA.

TUDO ACONTECEU COMO NUM SONHO.

EM UM ÁTIMO, A MOÇA SE MATERIALIZOU AO LADO DE JÔ, COMO SE TIVESSE SIDO CUSPIDA DAS ENTRANHAS DA TERRA E NÃO DESCIDO DE UMA LAND ROVER.

FICOU ALI, PARADA DE PÉ, SORRINDO, E O CORAÇÃO DE JÔ QUASE PAROU.

Capítulo 4

Uma mulher sabe quando encontra outra mais bonita do que ela.

Karina, a nova namorada de Lucas, era mais bonita do que Jô. Pelo menos foi o que Jô achou. Mais, até. Achou que a outra tinha algo além de beleza. Tinha carisma. Tinha luz própria.

Luz.

Era isso. Saía uma luz de Karina. Quando ela desceu do carro de Lucas, foi como se um pedaço de sol descesse junto. Seus olhos claros emitiam raios de felicidade, seu sorriso emocionava. Seus cabelos eram longos, de um castanho-alourado, e ela era magra, media cerca de um metro e setenta de altura. Estava dentro de um vestidinho simples, curto, azul-claro, um vestidinho tão básico que só uma mulher muito linda poderia vestir. Seus pés número 36 calçavam chinelos de dedo. A singeleza das roupas a tornava ainda mais sedutora.

Jô sentiu o peito se comprimir. E então o resultado da disputa ancestral entre as fêmeas da espécie, o produto de milênios de adrenalina lançada no sangue das mulheres ameaçadas por outras mulheres, a soma do desespero de todas as esposas que já experimentaram a pontada do perigo de serem trocadas por meninas mais jovens e mais frescas e mais tenras e mais primaveris, então os efeitos da luta pela sobrevivência fizeram-se presentes em todos os poros, todas as artérias, todos os nervos de Jô.

Pela primeira vez na vida sentiu inveja de outra mulher. E quis eliminá-la ali mesmo. Quis reduzi-la a postas de carne sangrenta espalhadas pelos paralelepípedos da rua. Quis furar-lhe os olhos verde-piscina.

Mas não fez nada disso. Um homem reagiria com violência, arrogância ou desprezo. Uma mulher, não. Uma mulher age com cautela diante da inimiga. Uma mulher analisa antes de agir. Foi o que o instinto de Jô ordenou que ela fizesse, e ela fez. Teve o cuidado de não demonstrar que a temia, teve o cuidado de não desafiá-la. Ao contrário: aproximou-se dela, tornou-se mansa, gentil, um quindim.

Abriu-se em uma simpatia ululante que não lhe era natural. Saudou a outra como se fosse sua irmã.

– Ooooooi... – miou. – Sou a cunhada do Luuuucas.

E beijou-a nas faces, amorosa. Enquanto isso, a avaliava: devia rondar os 21 anos de idade, não possuía defeitos físicos aparentes. Seu corpo era dotado da rigidez e da maciez da juventude. Era muito viva, sem dúvida, mas seria inteligente? Se não fosse, Jô poderia espremê-la como a uma barata. Se bem que alguns homens adoram mulheres estúpidas e...

E Jô parou para pensar. Porque esse exame, ela o fazia de forma quase inconsciente. Mas, de repente, a consciência do que lhe ia na alma a assaltou. E ela se envergonhou. E corou. Estava sendo mesquinha. Por favor! Ela não queria nada com Lucas. Nada! Houve apenas um beijo entre eles. Um acidente. Um escorregão motivado pelo álcool e pela empolgação do momento. Portanto, não havia razão para invejar Karina. Ela era jovem, linda e vivaz. E daí? Não existia nenhuma competição entre elas, nem existiria jamais.

Pelo menos era o que achava naquele momento.

As coisas iam mudar nas horas seguintes.

Capítulo 5

Pinhal tem suas delícias. A casa de Jô e Fábio podia ser considerada uma delas. Ampla, arejada e ao mesmo tempo aconchegante, a casa fora erguida praticamente sobre a areia da praia. As janelas dos quartos e a porta dupla dos fundos abriam-se para o mar. Um deque coberto avançava pela areia, oferecendo sombra fresca e redes preguiçosas para a sesta e mesas e cadeirinhas para o happy hour. À noite, o sono era regido pelo bramido do oceano, as ondas quebrando no ritmo da respiração de quem dormia e sonhava. De manhã, os moradores e eventuais hóspedes acordavam sentindo o odor salgado da maresia. Levantavam-se para o café, olhavam pela janela e deleitavam-se com a visão da espuma branca das ondas sendo bebida pela areia a cinquenta metros de distância. A casa da praia era um dos prazeres do casamento que ainda se mantinham inalterados para Jô, mesmo depois de tantos anos.

Nunca, porém, a casa de Pinhal havia sido palco do que Jô assistia agora, naquele final de semana. Nunca uma beldade como Karina pisara com seus pequenos e delgados pés descalços naquele chão de tábuas de madeira vermelha. Nenhuma das amigas de Jô, nenhuma das antigas namoradas de Lucas, nenhuma parenta ou vizinha se comparava a Karina em beleza, carisma e sensualidade. A todos esses predicados, ela somava a naturalidade das mulheres bem-amadas, o que só aumentava o seu poder sobre as outras pessoas.

Mal chegada à casa, Karina correu para o quarto em que ficaria com Lucas e de lá retornou em cinco minutos, vestida com um biquíni... de crochê. Jô olhou para ela e prendeu a respiração. Um biquíni de crochê. Lembrou-se do seu, que usara em sua recente viagem pelo país. Mas não ousava vesti-lo quando em família, com Fábio e os filhos. Estava na moda biquíni de crochê? Se não estivesse, deveria estar, pensou Jô, observando o corpo perfeito da outra.

E era isso mesmo, ela era perfeita. Pernas e braços longos e bem desenhados. Sensual sem ser exageradamente voluptuosa, atraente sem ser agressiva. Uma beleza tão suave quanto intensa. Impossível uma mulher não invejá-la. E Jô, mais uma vez, sentiu a lancetada da inveja ferindo-lhe o peito, e isso a irritou.

– Vamos cair na água! – gritou Karina, rindo, e correu para a praia como se fosse uma criança.

– É uma criança... – comentou Fábio, a observá-la, sorrindo.

Jô olhou para o marido e viu que havia admiração em seu sorriso. Uma jovem que enfia as pernas em um pequeno biquíni de crochê e sai correndo para se atirar nas ondas. Que homem não suspira por tal espontaneidade? Jô podia se sentir assim. Podia se sentir como uma menina. Muitas vezes ela era uma menina. Mas não ali, tendo os filhos sob os braços e o marido a ombreá-la. Não. Não ali.

– É como me sinto com ela – concordou Lucas, preparando-se para correr atrás de Karina. – Como uma criança.

E, depois de sobraçar o guarda-sol e uma sacola de pano, foi-se pela areia, gritando o nome dela. Em segundos, ambos saltavam em meio às ondas, felizes.

– Vem, mãe! – chamaram Alice e Pedro, eles também correndo para a água.

Jô suspirou. "Mãe". Naquele momento, ela era a mãe, era a esposa, não era uma criança.

– Vou me trocar – disse para o marido, e caminhou em direção ao quarto.

Escolheu o seu menor biquíni e besuntou-se com protetor solar. Mirou-se no espelho. Sabia-se bela e desejável, mas não era tão alta quanto Karina.

Nem tão jovem.

Suspirou mais uma vez. Saiu para encontrar o grupo. Fábio ficou em casa, envolvido nos preparativos para o churrasco que pretendia assar em seguida. Quando Jô chegou ao local onde os outros se instalaram, Karina já estava fora d'água, observando Lucas, que tentava plantar o guarda-sol na areia. Pedro e Alice continuavam pulando em meio às ondas, pegando jacarezinho, gritando urru.

– Nossa, como você é linda, Jô! – elogiou Karina ao vê-la chegar, e o elogio parecia sincero.

Jô agradeceu. Olhou para a outra, parada de pé, as gotas de água salgada rebrilhando no entremorro dos seios, os cabelos empapados, o sorriso resplandecendo ao sol de 28 graus.

– Você também é muito linda, Karina.

– Obrigada. Você tem uma filha grande... – Karina virou a cabeça para a água, onde Alice espadanava. – Então deve ter uns trinta anos... Mas não parece. Parece uns 25...

– Você é muito querida. Tenho 34.
– Nossa! Qual é o seu segredo???
– Ah, eu me cuido...
– Bem que o Lucas disse que a cunhada dele era a mulher mais deslumbrante que ele já tinha visto.
– O Lucas disse isso? – Jô gostou de ser inteirada sobre essa opinião do cunhado.
– Disse. Ele gosta muito de você.
– Eu também gosto dele... Como se fosse um irmão...
– Bonito isso, cunhados se darem assim. Ele está sempre falando de você. Até senti um pouco de ciúme... – Karina emitiu um risinho, sinalizando que a observação não passava de brincadeira.

Ainda assim, Jô sentiu a garganta se fechar. Será que Karina estaria sendo irônica? Estaria testando-a? Olhou para o belo rosto da outra e não divisou nenhum traço de segunda intenção. Karina parecia linear, direta, desprovida de malícia. Mas Jô não se desarmou – podia estar errada.

– As duas belezas aí querem beber algo? Uma caipirinha? – perguntou Lucas.
– Prefiro um mate – respondeu Karina.
– Uma mate ia bem – concordou Jô.
– Muito bem – disse Lucas, dirigindo-se para a casa a fim de preparar o chimarrão.

Jô e Karina acomodaram-se sob o guarda-sol trazido por Lucas. Ficaram conversando. Jô perguntava, Karina respondia. Conhecia Lucas havia menos de um mês. Encontraram-se no corredor da empresa em que ela trabalhava como secretária do setor administrativo. Karina falava da própria vida com um despojamento e com uma alegria contagiantes. Era impossível que estivesse sendo dissimulada. Jô sentiu-se mais à vontade com ela.

No resto do dia, a autenticidade de Karina só se confirmou. O churrasco transcorreu em ambiente familiar. Eles conversavam, riam e se divertiam. No fim da tarde, lassos pela quantidade de cerveja ingerida, os adultos decidiram ir para a cama, "dar uma descansadinha", como definiu Fábio. Pedro e Alice foram andar de bicicleta.

O quarto de Lucas e Karina ficava ao lado do de Jô e Fábio. Nem bem se esticou na cama, Fábio adormeceu de barriga para cima, roncando alto. Jô permaneceu em silêncio ao seu lado, vestida só de calcinha, os pensamentos em desalinho. Ainda sentia o calor dos raios do sol sobre o corpo, e era uma sensação agradável, macia e reconfortante. Se o marido tivesse querido possuí-la naquele momento, ela adoraria. Tinha ganas de ser tocada, de ser acariciada, de ser tomada como se fosse um objeto de prazer.

Então ouviu.

Nitidamente, angustiantemente, ouviu um gemido de mulher. Em um segundo, Jô entendeu o que acontecia. No quarto ao lado, Karina e Lucas estavam se amando. Jô retesou-se na cama. E agora? Teria de ouvir a sinfonia dos dois amantes? Teria condições de suportar aquilo? Jô achava que não.

Capítulo 6

Aquilo durou muito tempo. Aquilo não terminava mais. Deitada de costas na cama do quarto, vestida só de calcinha, sentindo ao lado a presença morna e inerte do marido que ressonava, Jô ouvia os sons do amor que acontecia tão perto, a poucos palmos de distância. Os gemidos abafados de Karina infiltravam-se pelos poros da madeira da parede fina e jorravam sobre Jô. Não entravam apenas em seus ouvidos – untavam-lhe o corpo inteiro, inquietando-a, afligindo-a, pondo-a louca.

Jô podia distinguir todas as fases do ato pelos ruídos emitidos por Karina e por Lucas, e pelos rangidos da cama. Sabia exatamente o que estava se passando sobre aquele colchão que, se não fosse pela parede, seria contíguo ao seu próprio colchão. Jô ouvia e imaginava. Imaginava o corpo atlético de Lucas pousado sobre o corpo perfeito e macio de Karina, e os dois corpos se esfregando, pele contra pele, membros contra membros, um sentindo a textura do outro, levando-os ao êxtase. Olhou para Fábio, que dormia de boca aberta.

Apesar de ser vinte anos mais velho do que ela, o marido ainda podia ser considerado um belo homem. Por que ela não sentia mais atração por ele? E ele? Será que ainda sentia desejo por ela? Jô achava que não. O matrimônio apaga a chama do sexo. São tantas pequenas pendências que um casal tem de resolver todos os dias... Mais ainda se há filhos, como havia no caso de Jô e Fábio. Os pequenos dramas da educação das crianças, as brigas da escola, o pão que faltou de manhã, por que comprar margarina em vez de manteiga, essa mesa tem de ser trocada, que mania que você tem de deixar a porta aberta, apague a luz, mude o canal da TV, é preciso trocar de carro, é preciso pagar o cartão, a TV a cabo não está funcionando, a janela da cozinha emperrou de novo, a água do chuveiro não está quente o suficiente, o banheiro tem de ser reformado, a empregada não veio, sua mãe é implicante, a sua também...

O casamento não tem nada a ver com sexo, com romance, com paixão ou com aventura. Não tem nada a ver com uma vida pulsante. Quem ainda está vivo, quem ainda espera emoções da existência, não pode se contentar com o casamento. Não.

Não!

Jô saltou da cama. Estava se sentindo oprimida. As vagas de amor de Lucas e Karina produziam um marulho cada vez mais exasperante para ela. Eles agora pareciam sussurrar. Decerto faziam-se juras, diziam-se coisas. Coisas... Jô enfiou um vestidinho curto por cima da calcinha, calçou havaianas e saiu do quarto. Tinha de pensar. Tinha de tomar uma decisão.

Caminhou até a cozinha. Bebeu um copo d'água. Resolveu ir até o banheiro, mas não queria entrar no quarto para não despertar Fábio. Dirigiu-se ao banheiro do fundo do corredor. Ao passar pela frente do quarto em que estavam Lucas e Karina, notou que a porta estava entreaberta. E que os dois gemiam com nova intensidade. Devia ser um recomeço. Um novo recomeço. Jô parou. Olhou para a porta. E uma vontade desesperada de ver o que acontecia lá dentro tomou conta da sua alma.

Levou a mão à maçaneta.

Estacou outra vez.

Deveria abrir a porta? Deveria entrar? Mais gemidos, mais gemidos. Sim.

Sim!

Jô decidiu que iria entrar.

Empurrou a porta.

A porta fez um leve ranger;

Jô hesitou.

Depois avançou um passo.

Entrou.

Capítulo 7

Enquanto empurrava a porta do quarto, Jô sofria. Porque aquele ato, aquilo que estava prestes a cometer, dizia muito sobre a pessoa em que estava se transformando. Ou em que se transformara, já. Jô, uma mulher feita, com mais de trinta anos de idade, casada, mãe de filhos, profissional independente, Jô não conseguia reprimir os seus instintos. De uma hora para outra, seus desejos, antes adormecidos, tomaram conta da sua alma e do seu corpo.

Exatamente como estava prestes a fazer agora, ela antes abriu a porta para suas vontades escusas, e o fez com aquela primeira viagem solitária rumo ao Norte do país. Nada de realmente grave ocorrera então, mas Jô roçara no pecado, fora assediada por homens desconhecidos, fora beijada na boca por uma amiga linda, vira cenas que jamais imaginara que se passassem tão perto de si. Jô voltara para casa insatisfeita, sequiosa de novas aventuras, e novas aventuras transcorreram na sua segunda viagem, quando passou alguns dias na casa de sua amiga Maia, em São Paulo. Depois de muito hesitar, Jô se entregou, ah, como se entregou, e entregou-se de uma forma tão livre, tão completa, tão absolutamente... absolutamente... havia sido mais do que passiva, sim, agora Jô o sabia: fora permissiva. O que quisessem fazer com ela, ela deixaria ser feito.

Jô queria viver. Viver! A vida é muito curta, já cantaram os Beatles, e Jô tinha ganas de tomar da vida o que lhe havia sido negado até então. Ela queria sorver tudo, queria experimentar tudo.

Experimentou tudo.

Lembrava-se com frequência daquela noite, do que sentira, do que fizera e do que dissera. Lembrava-se que, em meio à loucura de corpos entrelaçados, ela dizia para si mesma:

– Como eu sou cachorra... Como eu sou cachorra...

Era assim que se sentia. Uma cachorra. E era bom.

Agora, na casa de praia da família, com o marido dormindo a poucos passos, no quarto ao lado, com os filhos brincando ali por perto, talvez na areia branca que lhes servia de pátio, agora Jô era mais uma vez a cachorra. Mais uma vez ela não resistia aos desejos que lhe pulsavam no peito e a faziam arfar de angústia e prazer, e lhe tonteavam a cabeça, e lhe secavam a boca, a boca de lábios entreabertos, sugando o ar, ansiosa, querendo, querendo...

O que Jô queria? Ela não sabia. Mas os sons do amor que acontecia entre Karina e Lucas atrás daquela porta, a imagem que fazia dos dois belos e jovens corpos nus se possuindo, aquilo a atraía irresistivelmente, ela queria ver, ela tinha que ver, ela iria ver.

Ela viu.

Jô entrou no quarto, enfim. Pé ante pé. Mansamente. Cuidadosamente. Tentando não ser ouvida nem vista.

Mas foi ouvida.

Foi vista.

Foi descoberta.

Capítulo 8

Jô deu um passo para dentro do quarto. Dois.
 Parou.
 Olhou.

A primeira visão que teve foi da cama em desalinho, lençóis revoltos, travesseiros pelo chão. Sobre o colchão, Karina. Estava nua, deitada de costas, ainda arfante do amor recém-consumado, o peito subindo e descendo ao ritmo da respiração pesada, a cabeleira castanha-clara espalhada por um travesseiro remanescente, o único que não fora rojado ao soalho de tábuas do quarto.

Karina nua. Nua... Jô já vira outras mulheres nuas. Outras belas mulheres. Sua amiga Maia, com quem partilhara intimidades quase insuportáveis para sua educação pequeno-burguesa, sua amiga Maia era linda, e ela a vira nua, como vira!, talvez mais do que devesse ver.

Mas nunca tinha vislumbrado uma nudez como a de Karina. Era uma nudez provocante e, ao mesmo tempo, pura. Era doce e suave e macia. E agressiva e rija e tesa. Karina a fitou com seus olhos d'água, olhava diretamente para ela, mas Jô teve dúvidas se Karina a via. Seus belos olhos estavam baços, sem expressão. Parecia ainda absorta pelo que acabara de acontecer sobre aquela cama.

Jô ficou parada à entrada do quarto, a boca entreaberta, ofegante como se estivesse chegando de uma corrida. O que estava fazendo ali?, essa pergunta nem ela mesma conseguia responder. Por que entrara? O que queria? Nada disso ela sabia.

Agira por instinto, comandada pela vontade, exclusivamente pela vontade, o cérebro não tivera participação alguma em seus últimos movimentos. Quisera entrar, entrara. Pronto. Ali estava ela.

E agora, olhando para Karina nua em cima da cama, Jô não tinha a menor ideia de como proceder. Fora longe demais, invadira um espaço que não era seu, simplesmente não devia estar ali.

Mas estava.

Continuava olhando para o corpo resplandecente de Karina, admirando-o como se estivesse admirando uma estátua. A pele branca de Karina luzia de suor. Os bicos dos seios não muito grandes, mas firmes como frutas, apontavam para o teto do quarto. A barriga se movia para cima e para baixo, para cima e para baixo. Por algum motivo, Jô achou que seria lógico que ela tivesse um piercing no umbigo. Procurou-o. Não o encontrou. E por algum outro motivo desconhecido, a ausência do piercing a satisfez.

O olhar famélico de Jô passeou pelo corpo de Karina, escalou suas curvas sem pressa e chegou, enfim, ao sexo.

O sexo de Karina.

Ela estava com as pernas parcialmente abertas, repousadas, estendidas na cama. Jô viu um mínimo tufo de pelos castanhos, bem pequeno e provavelmente suave. Viu que Karina era toda rosada e fresca, e aquela percepção, por alguma outra razão insondável, lhe comprimiu o peito. A angústia tomou conta de Jô. A angústia, a angústia.

Será que ela estava se sentindo atraída por Karina?

No que, afinal, havia se transformado?

Então, Karina se mexeu. Finalmente se mexeu. Ergueu levemente a cabeça e, como se só naquele instante a visse, entreabriu os lábios.

Jô arregalou os olhos, não sabia o que dizer, não sabia como agir. Aí uma questão a assaltou: e Lucas? Pela primeira vez dera-se conta de que Lucas deveria estar ali. Onde estava Lucas?

Como se tivesse feito a pergunta em voz alta, e como se ele a tivesse ouvido, Lucas apareceu. Saiu do lado do roupeiro que estava encostado à parede da porta. Por que se colocara ali? Jô concluiu num átimo que ele devia ter ouvido o barulho que ela fizera à porta e resolvera ficar de tocaia para ver quem entrava. Ou não? Ou será que ele apenas estava se deslocando de um ponto para outro no quarto? Ou será que fora pegar alguma roupa no armário? Ou sabe-se lá?

Jô não tirou conclusão alguma. Até porque Lucas se aproximou dela sem um traço de hesitação. Nu, completamente nu, o membro meio enrijecido como que apontando para Jô, ele se aproximou. Caminhou com confiança, sussurrando:

– Jô...

Jô abriu a boca. Abriu-a como se o ar lhe faltasse.

O que iria dizer?

O que iria fazer?

– Jô... – repetiu Lucas, chegando mais perto.

Jô olhou para Karina na cama, Karina levantou o torso, apoiando-se nos cotovelos. Jô olhou para Lucas, que se aproximava. Lucas disse outra vez:

– Jô...

E Jô recuou. Deu dois passos para trás. Estava tudo errado, ela cometera algo muito grave, cujas consequências ainda não conseguia aferir. Fora uma insana, uma maluca, não podia permanecer ali.

– Desculpa – disse. – Desculpa... Eu não devia ter entrado aqui...

E saiu do quarto, deixando a porta aberta, ouvindo ainda a voz de Lucas, que a chamava:

– Jô...

Jô caminhou pelo corredor, dizendo para si mesma: eu estraguei tudo, estraguei tudo...

Capítulo 9

Jô saiu de casa a passo, sem correr, sem alarde, mas saiu determinada. Saiu marchando. Em segundos, afundava os pés na areia quente. Caminhou pela beira da praia, sentindo a água fria das ondas lhe lambendo os tornozelos. Caminhou, caminhou, sem saber o que pensar, sem saber quem era agora e o que devia fazer. Decerto que cometera um erro. O que Karina e Lucas estariam falando sobre ela neste exato instante?

Karina.

Lembrou-se de Karina mais uma vez. Seus cabelos revoltos, castanho-dourados, lhe emoldurando o rosto de querubim. O corpo sinuoso e longilíneo, a pele lisa exalando frescor, os olhos de felina fitando-a, aqueles olhos inescrutáveis. O que estaria pensando naquele instante em que a vira entrar no quarto? Será que Karina, de alguma forma... oh, por que estava pensando nisso? Por quê? Não devia nem cogitar uma coisa dessas.

Mas cogitava.

Cogitava: será que Karina, de alguma forma, a desejava? Afinal, ela a elogiara na praia. Olhara-a de um jeito... Será que era um olhar concupiscente? Karina na praia, de biquíni de crochê. Por que não pensou no piercing quando a viu de biquíni? Por que só pensou no piercing quando a viu nua? Esperava ver um piercing em alguma parte esconsa daquele corpo irretocável?

Jô já estava se confundindo. Seus pensamentos se misturavam e rodavam e iam e voltavam. Gostava de homem, sabia que gostava. Mas, tinha de admitir, sua experiência com Maia abriu-lhe um novo universo. Admirava um belo exemplar de fêmea da espécie quando encontrava um, claro que admirava. E, pela primeira vez confessava para si mesma, não achava nada de errado em fazer amor com uma mulher. Lembrou-se de sua amiga Rita Helena, que um dia lhe disse:

– Eu me sinto atraída por mulheres às vezes, basta que elas sejam bonitas. E não tem nada de errado nisso, todo mundo gosta do que é bonito. Muito melhor se há coragem para fazer, e se tiver um homem junto!

Jô decorou as palavras da amiga. Quando Rita Helena fez esse discurso, sentiu-se levemente perturbada, como se a outra esperasse que ela, Jô, concordasse, que admitisse que também não via nada de errado em transar com quem fosse, onde fosse, como fosse. Jô, de fato, não via nada de errado nisso, mas não falou nada para Rita Helena. Emudeceu. Mudou de assunto. Agora, caminhando a esmo na praia, dizia para si mesma: não se importaria de entrar naquele quarto e transar com o próprio cunhado e sua namorada loira. Não achava que isso fosse errado.

Não achava.

Nada de errado.

Nada.

Será que devia voltar e entrar de novo naquele quarto? Será que devia confessar seus desejos a eles? Será que devia ser tão corajosa quanto Rita Helena?

Pensando nisso, Jô estacou. Virou-se. E começou a correr de volta para casa. Ia entrar naquele quarto outra vez. Ia!

Capítulo 10

Enquanto corria pela areia, Jô pensava: sou louca, louca, me transformei numa desvairada, numa tarada. Há pouco tempo, era uma mulher comportada, até previsível, e agora nem ela mesma sabia o que podia esperar dela. O que faria quando chegasse à casa? Entraria no quarto, cerraria a porta, tiraria a roupa e se jogaria nua na cama entre Lucas e Karina, esfregando-se neles, dando-se a eles? Pediria: façam tudo comigo, tudo, tudo? Tinha ânsia de agir assim, claro que tinha, mas aí já seria demais. Algum prurido, algum cálculo, alguma concessão à inteligência Jô teria de fazer. Afinal, ela não podia atirar-se exclusivamente aos seus desejos. Era certo que queria fazer coisas que ainda não fizera, que queria se perder na aventura do próprio corpo, era certo que queria experimentar mais do que experimentara até então. Mas precisava tomar alguns cuidados. Afinal, havia o marido Fábio, havia os filhos, havia a sua família, havia toda uma história que construíra. Ainda que tivesse certeza de que satisfazer suas vontades não causaria mal algum a qualquer pessoa, tinha a consciência de que a moral, a hipocrisia e os costumes poderiam fazer sua família sofrer. Precisava resolver essa equação. Precisava ser quem ela queria ser, livre, dona de si mesma, inteira e, ao mesmo tempo, manter os seus afetos, preservar as pessoas de quem ela gostava e que gostavam dela.

Mas como fazer isso?

Como???

Em primeiro lugar, precisava pensar. Parou de correr. Virou-se para o mar. Fincou as mãos à cintura. Estava confusa. Como deveria agir? O desejo, a vontade de ser possuída, de tocar e ser tocada, a sede por outros corpos tomara conta de seu corpo, endurecia-lhe os bicos dos seios, latejava-lhe no sexo.

– Ai, meu Deus – murmurou Jô. – Aiai...

Jô sentia o desejo lhe escalar as coxas e instalar-se-lhe no entrepernas. Olhou em volta. A praia estava vazia. Anoitecia, já. Repetiu, num suspiro:

– Ai, meu Deus...

Nunca se sentira assim, tão dependente das ardências do próprio corpo. Tinha que fazer algo para se acalmar. Se tivesse coragem, procuraria um homem atraente, o primeiro que visse, um completo estranho de quem não soubesse nem o nome e, como uma vagabunda vulgar, pediria:

– Faça comigo o que você quiser. Agora.

E se deixaria possuir e, depois do gozo animal, iria embora sem nem lhe revelar seu nome ou perguntar o dele, para nunca mais vê-lo, nunca mais...

Era uma fantasia, Jô sabia que se tratava de uma fantasia, mas estava tão louca, tomada de tal maneira pelo desejo, que sentia medo de querer realizá-la. Olhou mais uma vez para os lados. Lembrou-se de certo dia, em certa praia catarinense, e tomou uma decisão. Tirou o vestido pela cabeça, ficou só de calcinha e, só de calcinha, entrou no mar. Sabia que era uma maluquice, sabia que era perigoso, sabia que não devia fazer aquilo, mas fez. Sentiu a água gelada lhe bater nas canelas, arrepiou-se toda, riu alto e, ignorando o frio, correu para as ondas. Atirou-se na primeira vaga alta que veio ao seu encontro e nadou vigorosamente em paralelo com a areia. Sentia-se deliciosamente livre dentro do oceano, deliciosamente insana. Já tinha feito isso, já tinha provado o gosto e prometeu que faria sempre. Entrar no mar nua ou seminua, ser lambida pela água fria, deixar-se penetrar pela Natureza, o que havia de mais puro do que isso?

Nadou, nadou para um lado, para outro, até que, enfim, decidiu sair. Caminhou pela areia sentindo a calcinha molhada e minúscula lhe grudando no corpo. Fora da água, pisou na areia e... oh, Deus... oh, Deus...

Onde estava o vestido?

Jô olhou para um lado, para outro, procurando desesperadamente pela roupa. Não podia voltar para casa assim, praticamente nua. O escuro da noite lhe confundia não apenas a visão, mas a percepção do que estava acontecendo. Será que saíra d'água no lugar certo? No lugar onde deixara o vestido? Caminhou para um lado, para outro, então viu um vulto parado logo adiante, ao lado de um cômoro. Na mão do vulto, ela reconheceu, estava o seu vestido.

Capítulo 11

Era pouco mais que um menino. Quantos anos teria? Dezessete? Talvez menos. Devia ser surfista. Pelo menos tinha o tipo. Corpo bem proporcionado, músculos desenvolvidos, cabelo alourado. Vestia bermuda, e nada mais. Levava o vestidinho de Jô numa das mãos e, no rosto, um sorriso que era todo malícia. Ao avançar pela areia e pela escuridão, Jô divisou aquele sorriso maroto e se irritou. Ele havia pego o vestido, evidentemente, para provocar a mulher que decidira nadar seminua. Uma molecagem de um moleque, nada mais. Só que ela não era moleca. Ela era uma mulher. Avançou em direção ao garoto sem hesitação. Já fizera isso antes e sabia que reação uma mulher bonita e nua, ou seminua, desperta num homem, quando isso ocorre em público e quando a mulher sabe o que fazer. A beleza de uma mulher pode ser opressiva para alguns homens. Um garoto, então, não teria como resistir. Ela ia fazer picadinho dele.

Picadinho.

Foi em frente, decidida como um general conquistador. E viu o sorriso no rosto do rapaz se dissipar aos poucos. Ele arregalou os olhos, engoliu em seco e estendeu o braço que carregava o vestido.

– É seu? – perguntou.

– Você sabe que é meu! – respondeu Jô, irritada. – Por que pegou?

O garoto olhava embasbacado para ela. Jô sabia-se dona de um corpo perfeito e de um belo rosto, sabia que os homens a desejavam, sabia que muitos seriam capazes de loucuras para tê-la nem que fosse por uma única noite. Agora Jô conhecia a extensão do seu poder. Ia experimentá-lo naquele moleque. Como se fosse um exercício de guerra. Um treinamento. Uma brincadeirinha.

Aproximou-se dele. Parou a poucos centímetros de seu peito nu, que arfava de nervosismo.

– D-d-desculpa... – balbuciou o garoto.

Jô analisou-o bem. Examinou-o com olhar crítico de alto a baixo, propositalmente arrogante.

– Desculpa... – repetiu ele.

Estava a ponto de chorar.

Jô aproximou-se ainda mais. Encostou o corpo molhado no

corpo dele. Os bicos dos seios roçaram no peito do menino. Que entreabriu os lábios e emitiu um ruído rouco:

– Aaaah...

Jô sorriu. Olhou para baixo. Para o volume que crescia sob a bermuda.

– Garoto... – sussurrou.

E levou a mão espalmada ao peito dele, e sentiu-lhe a carne adolescente entre os dedos, e percorreu com a mão aberta o peito, o abdômen, a virilha, e mergulhou-a na bermuda sem pedir licença, invasora, desbravadora, perpetradora. Sorrindo, sorrindo sempre, sorrindo malevolamente, sentindo-se má e poderosa, Jô agarrou o membro do rapaz, apertou-o, manipulou-o por alguns segundos, fazendo-o gemer e se retorcer, e depois o soltou. Tirou a mão de dentro da bermuda. Tomou o vestido da mão dele. Ralhou:

– Isso é meu.

Com o que deu-lhe as costas e marchou pela areia, deixando-o prostrado, murmurando:

– Oh... Ooooh...

Parou para pôr o vestido e, quando o vestiu, o rapaz fez menção de segui-la. Jô esticou o braço, a mão espalmada, num gesto de guarda de trânsito. Mirou-o, séria:

– Não sai daí! – ordenou, como se ele fosse um cachorro, e, como um cachorro, ele obedeceu.

Jô caminhou de volta à casa, satisfeita consigo mesma, resolvida a fazer o que havia pensado em fazer originalmente: a entrar no quarto de Lucas e Karina e atirar-se no meio deles, feito uma vagabunda.

Uma vagabunda.

Uma vagabunda.

Capítulo 12

Jô caminhou apressada pela areia, ansiosa para chegar logo em casa. Estava resolvida. Não ia entrar no quarto, fechar a porta, despir-se e atirar-se na cama. Não. Mas quase isso. Ia entrar no quarto, fechar a porta e esperar. Ficaria parada, muda. Esperando. Se um dos dois, Lucas ou Karina, puxasse-a pela mão e a conduzisse até a cama, se um dos dois, ou os dois, lhe sacasse as roupas e a fizesse deitar, se um deles, ou ambos, começasse a acariciá-la, a passar a mão nela, a fazer o que quisesse com ela, ela permitiria. Caso contrário, se eles estranhassem sua presença ali, se perguntassem o que ela queria, se manifestassem qualquer forma de desconforto, Jô simplesmente diria que viera pedir desculpas por ter entrado antes no quarto, que entrara por engano, que estava meio tonta de sono e por isso errara de porta. Era um bom plano. Pelo menos era o que Jô achava.

Assim decidida, avançou pelo escuro da noite, ouvindo o bramido do oceano, cogitando se o lugar, a praia, as roupas poucas, se todo aquele ambiente não contribuía para transtorná-la daquela maneira. Jô precisava de sexo. Precisava.

Chegou à casa, enfim.

Entrou.

E o que viu a paralisou. O que viu quase a fez chorar.

Capítulo 13

Era uma cena familiar. A cena mais familiar que Jô poderia presenciar. O marido, Fábio, sentado à mesa de jantar, jogando pontinho com os filhos.

– Oi, mãe! – saudaram-na em coro Pedro e Alice, assim que ela pisou no soalho de tábuas da casa com seu pé tamanho 36 coberto de areia da praia.

Jô sentiu o peito se comprimir. Sua família ali, reunida em alegria e harmonia, e ela pensando em cometer desatinos sexuais. Sentiu-se uma mulher pérfida e imoral, sentiu-se uma ingrata. Ela tinha uma bela família, lindos filhos, um bom marido, e tudo o que queria era se entregar aos prazeres da carne.

Por que isso? Por quê???

Será que ela não podia simplesmente viver uma vida... normal? Será que ela não podia mais ser quem era tempos atrás?

Jô ficou parada à porta, assistindo à cena. Depois se aproximou devagar, tomada não pelas labaredas do desejo, mas pela brisa da ternura. Posicionou-se atrás da cadeira do marido. Suspirou. Pousou a mão suavemente na cabeça dele, fazendo um carinho. Fábio se retesou, como se tivesse levado um choque.

– Não atrapalha, Jô! – reclamou. – Estou jogando!

Jô tirou a mão, magoada, sentindo-se agredida. Não disse nada, caminhou até a cozinha, tentando avaliar os seus sentimentos. Amava aquelas pessoas, seus filhos, seu marido, amava-os, mas tinha bem claro em sua alma que a vida familiar era pouco para ela. Não que lhe fosse insuportável. Não era, era até boa. Uma garantia de tranquilidade, de paz e de proteção. Só que era pouco. O gesto de Fábio, um gesto de evidente impaciência, revelava o quão pouco se tornara aquela vida para ela. Pois o que dera a Fábio o direito de ser impaciente com ela, o que lhe dera o direito de se virar na cama e dormir, o que lhe dera o direito de quase nem mais olhar para ela com admiração ou cobiça, o que lhe dera tais direitos era, justamente, a vida familiar. A intimidade. A convivência diária. Aquilo, aquele carinho renegado, aquela frase brusca, aquilo representava muito para Jô.

Jô queria mais.

Jô sabia que era uma mulher linda e cada vez mais sensual, e sabia que a vida é curta. Jô queria absorver e sorver o melhor da vida já. Agora. Sem esperar.

Estava em frente à geladeira, raciocinando, quando Karina entrou na cozinha. Vestia um short branco curto e a parte de cima do biquíni. Calçava um chinelinho de couro. Jô olhou para ela; ela olhou para Jô. O que havia naquele olhar verde-água? Karina era uma esfinge.

– Você tomou banho de mar agora? – perguntou Karina, abaixando a cabeça e olhando para o vestido de Jô, que lhe grudara na pele à altura da calcinha.

Jô pensou que Fábio não havia percebido isso. Fábio nem sequer olhara direito para ela.

– Tomei – respondeu.

– Nua?

A pergunta de Karina, por algum motivo, a perturbou. Nua, ela disse.

Nua.

Por que Karina queria saber se ela tomara banho nua? Não era o tipo de pergunta que se fizesse. Ao menos não daquela maneira tão direta. Ao responder, a voz de Jô saiu rouca:

– Entrei no mar só de calcinha.

Karina continuou olhando-a, séria. Jô sustentou aquele olhar. Karina enfim falou, e sua voz também saiu-lhe baixa.

– Vou fazer isso. Vou imitar você. Vou tomar banho de mar agora. Nua.

Dito isso, saiu da cozinha, deixando Jô parada, de pé, pensando. Aquilo era uma provocação. Só podia ser uma provocação. Por que ela dissera que iria tomar banho nua? E por que dissera com tamanha gravidade, de um jeito tão insinuante? Karina queria algo com ela, claro que queria.

A respiração de Jô ficou mais pesada. Entreabriu os lábios. Decidiu-se. Ia atrás. Ia!

Foi.

Saiu da cozinha, foi para a sala, passou pela mesa em que o marido e os filhos jogavam. Nem repararam nela, estavam marcando os pontos num caderno de pauta. Jô saiu de casa. Desceu o deque. Pisou na areia. Avistou Karina logo adiante. Já estava sem o short. Vestia apenas o biquíni. E, pelo que Jô conseguiu entrever na escuridão, levava as mãos às costas para tirar a parte de cima. Ia se despir. Ia ficar nua. Jô resolveu que ficaria nua também. Entrariam as duas nuas no mar.

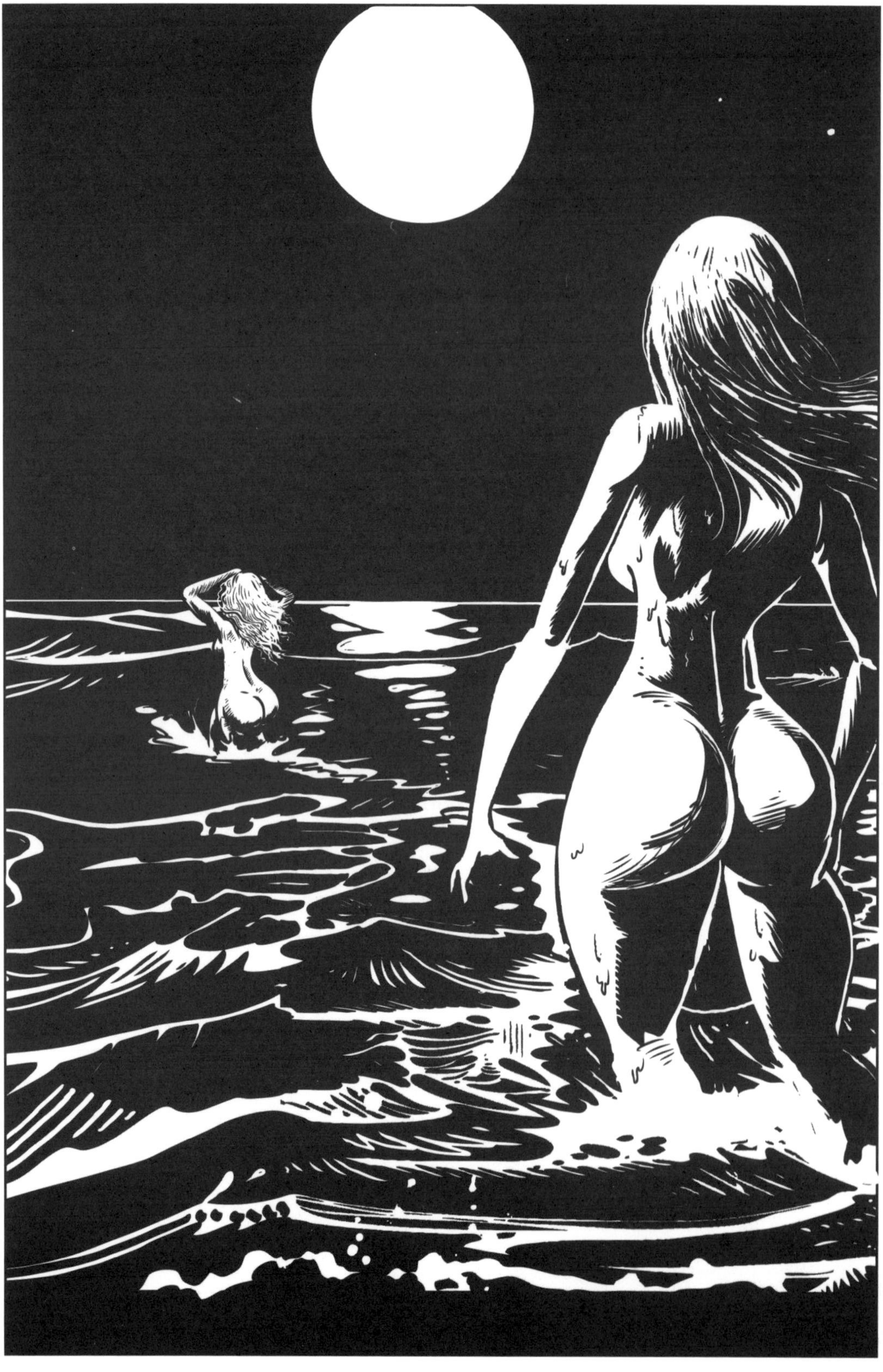

Capítulo 14

Então as águas escuras do mar de Pinhal abriram-se para receber aquelas duas beldades nuas, como um dia antigo de milênios as do Mar Vermelho se afastaram para deixar passar o povo de Moisés. Desta vez não eram sandálias toscas de couro de jumento que afundavam na areia molhada, mas dois pares de pés delicados, tratados a creme francês, as unhas decoradas pelo trabalho afanoso de manicures especializadas, as cutículas removidas com critério de artesão, os calcanhares macios como pãezinhos Seven Boys. As ondas azuis lhes lambiam as coxas lisas, elas se arrepiavam de frio, os bicos de seus seios enrijeceram, os pelinhos suaves de suas nucas se eriçaram, mas elas continuavam avançando mar adentro. Karina, que estava alguns metros adiantada, parou ao ouvir o chamado de Jô.

Virou-se de lado. Esperou-a. A silhueta longilínea de Karina se destacava contra o horizonte azul. Jô a admirou. Parada nua no meio do mar, era como a Vênus de Boticelli emergindo de sua concha em toda a glória da beleza da mulher. Jô caminhou na direção dela emitindo pequenos gemidos à medida que a água gelada lhe envolvia novos nacos de carne. Karina aproveitou uma onda um pouco maior e mergulhou para que o corpo se acostumasse à temperatura da água. Desapareceu no mar feito uma sereia para reaparecer mais adiante, sorridente, luminosa. Jô sorriu e a imitou. Logo, as duas puseram-se lado a lado e saltaram com as ondas, rindo, gritando de prazer. Quem as visse da praia poderia julgar que eram duas crianças brincando e, na verdade, era o que eram.

E brincaram e saltaram e nadaram, duas meninas, dois peixinhos, duas sereias, duas deusas. Jô sentia-se livre, sentia-se completa assim, nua, contemplando a nudez resplandecente de Karina. Elas podiam fazer o que quisessem, elas eram duas belas mulheres estuantes de vida, que não deviam nada a ninguém, que não tinham culpa ou remorsos.

Elas tinham o poder.

Jô não se cansava de olhar para Karina, tão perfeita, uma obra acabada da Natureza. O mundo se tornava melhor sabendo-se que Karina estava nele. Continuaram pulando na água, nenhuma delas falava, apenas riam e se olhavam e se olhavam e se olhavam e permitiam que o olhar de uma lambesse o corpo da outra.

Em meio às brincadeiras, Jô se desequilibrou ao quebrar de uma onda e Karina a segurou pelo braço, puxou-a para si, não deixou que caísse. Ficaram muito próximas, muito juntas, pele contra pele. Karina era um pouco mais alta, mas, ao apoiar o peso do corpo num só pé, colocou-se à altura de Jô e os seios das duas se roçaram, os mamilos tesos esgrimindo. Por um segundo, Jô achou que aquela carícia não fosse intencional, mas não demorou a concluir que, sim, era sim, Karina queria fazer o que estava fazendo. Jô empinou-se toda, projetou os quadris para trás e o peito para frente, tornou-se um S de carne tenra e segurou Karina pela cintura e olhou no fundo de seus olhos verdes d'água. Karina respirava pela boca e olhava-a languidamente e continuou lânguida e entregue enquanto Jô a prendeu com mais força e a envolveu com seus braços e aproximou seus lábios dos lábios dela.

E Jô a beijou.

Teve consciência, durante o beijo, de que, pela primeira vez na sua vida, tomava a iniciativa. Nunca fizera algo parecido antes, nunca tentara possuir alguém, fora sempre ela a possuída, ela era o banquete, jamais o comensal. Agora era diferente. Agora, Jô queria tomar Karina, e isso a deixou ainda mais excitada. Esgueirou a língua por entre os dentes de Karina, sentiu-lhe o gosto doce da boca, apalpou-a e acariciou-a, teve-a para si. Karina era dela naquele momento, dela, sua propriedade, sua, Jô tinha a seu dispor um outro corpo com o qual se deliciar, e aquela era uma sensação inédita e inebriante.

Entregaram-se, as duas, a um beijo eterno, carinhoso e sôfrego ao mesmo tempo, um beijo que jamais haviam beijado. E da boca Jô desceu para o pescoço e do pescoço para os seios de Karina e as pequenas mãos de Jô empalmavam a carne rija das nádegas da outra e Jô ia enlouquecer de prazer, quando ouviu aquele grito:

– Jô!

Uma voz de homem. Uma voz horrivelmente familiar:

– Jô!

Foi como se o mar inteiro tivesse congelado. Jô tirou a cabeça do corpo molhado de Karina e olhou para a praia. Ali adiante, parado na areia, os pés cobertos pela espuma branca, estava o seu marido Fábio, os olhos muito arregalados, a boca muito aberta, repetindo sem cessar:

– Jô... Jô... Jô...

Capítulo 15

Fábio continuou estacado na areia, uma estátua de sal. Balbuciava, cada vez mais sussurrado, cada vez mais baixo, até se tornar inaudível:

– Jô... Jô...

Jô e Karina ficaram paralisadas por alguns segundos.

– Ai, meu Deus – disse Karina, enfim.

– Não se preocupe – consolou-a Jô, segurando-lhe o cotovelo macio. – Vai pra casa, fica com o Lucas e faz de conta que não aconteceu nada. Eu resolvo isso.

– Que vergonha, Jô.

– Não se preocupe, já disse. Vamos fazer assim: eu vou na frente, vou tirar o Fábio daqui. Depois você sai da água e vai para casa. Fica tranquila. Fica na boa.

Karina suspirou.

– Tá bem...

Jô sorriu e apertou o braço da loira. Karina atirou-se numa onda e nadou com vigor, a cabeça fora d'água, as braçadas largas, as nádegas redondas se projetando da superfície do mar como as barbatanas de um tubarão. Jô a deixou, enfim, e rumou para a areia, na direção de Fábio. Naqueles breves segundos, tomou consciência de como mudara nos últimos tempos. Se aquilo tivesse ocorrido antes da sua primeira viagem sozinha, não saberia o que fazer, entraria em pânico, se desesperaria. Agora, não. Agora, Jô era dona de uma segurança inédita para ela.

Enquanto marchava nua e molhada em direção a Fábio, Jô tentou imaginar-se nesta mesma situação dois anos atrás. Ela nua na praia depois de o marido tê-la flagrado beijando uma mulher! Nossa! Impensável! Isso nunca aconteceria com a velha Jô. Mas agora a nova Jô caminhava completamente nua, ao ar livre, como se estivesse em casa, como se estivesse de tailleur, como se estivesse na missa de domingo.

Jô pensou com algum divertimento que já estava se acostumando com isso de ser flagrada sem roupa por um homem e ter de enfrentá-lo munida desta sua recente autoconfiança. Que prova para uma mulher! Sem nenhuma roupa, sem nenhuma proteção a não ser sua própria personalidade. Só que agora o homem que a flagrara era o próprio marido. Que se encontrava visivelmente chocado à beira da praia. É. Isso não podia ser considerado divertido.

Mas Jô não se sentia abalada. Nem sequer sentia-se mal. De certa forma, aquilo resolvia os seus conflitos, dava um rumo certo para a coisa toda. Devia ser prática, devia usar a lógica e a inteligência, não o coração. Era o que ia fazer. Saindo das águas do Atlântico, Jô decidiu o seu futuro.

Passou por Fábio.

– Jô – disse ele pela centésima vez.

– Vem aqui, Fábio – ela ordenou, e caminhou até suas roupas. Vestiu a calcinha, enfiou o vestido pela cabeça.

– Vem – repetiu, e saiu a passo para o lado oposto em que nadava Karina. Jô queria tirá-la do caminho de Fábio, queria que ele se esquecesse de Karina. E sabia que, depois de conversarem, ele se esqueceria.

Fábio a seguiu.

– O que é isso, Jô? – perguntou Fábio, enfim. – O que estava acontecendo lá na água?

– Vem, Fábio – ela continuou caminhando sem olhar para ele.

– Você estava beijando a namorada do meu irmão, Jô! Eu vi, Jô!

Fábio agora começava a se irritar. O que até deixou Jô aliviada. Ela não suportava mais ouvir aquele Jô, Jô, Jô... Enquanto caminhava pela areia, tentou cogitar o que teria acontecido se Lucas as tivesse flagrado naquele beijo. Provavelmente ele se juntaria a elas. Tiraria a roupa, entraria na água e participaria da festa. Como elas poderiam repudiá-lo? Como elas o excluiriam? Sim, Lucas se juntaria a elas. Fábio, não. Fábio, de jeito nenhum. Não era o estilo dele, definitivamente.

– Jô! – ele a segurou pelo braço. – Para, Jô!

Jô parou. Olhou para ele.

– Vamos conversar, Jô. Quero explicações agora mesmo!

Jô ficou observando-o por certo tempo. Explicações? Por que ela tinha que dar explicações sobre seus atos? Estava fazendo mal a alguém? Estava cometendo algum crime?

Estalou os lábios.

– Explicações...

– É, Jô! Explicações! Você é minha mulher! Como minha mulher, você me deve explicações! Porque eu vi o que vi, Jô! Vi você beijando a namorada do meu irmão! O que é isso, Jô? Você virou lésbica? É isso? Há quanto tempo você é sapata? Foi por isso que você viajou sozinha aquelas vezes? Aquela sua amiga paulista, aquela Maia, ela é sua amante, Jô? É isso??? Vou repetir: você me deve explicações, sim, Jô! Porque você é minha mulher!

– Bom, Fábio – ao contrário dele, Jô estava calma, perfeitamente dona de suas faculdades. Raciocinava com serenidade implacável, tudo estava muito claro em sua mente. Ela sabia o que dizer. E disse: – É simples: o problema é exatamente esse. Eu não quero ter que dar explicações a ninguém.

– Mas você tem que dar, Jô! Você é minha mulher!

Então, Jô falou o que, no fundo da alma, sabia que tinha de falar algum dia:

– Eu não quero mais ser sua mulher, Fábio.

Fábio retesou os músculos. Arregalou os olhos.

– O que você está dizendo?

– Estou dizendo que quero me separar, Fábio.

Capítulo 16

Um homem não pode rastejar. Jamais. Um homem pode sofrer, e até deve. Uma mulher gosta de saber que um homem é capaz de sofrer. Rastejar, jamais. A dignidade masculina deve sustentar um homem de pé, deve mantê-lo com a coluna ereta ainda que por dentro ele esteja em pedaços, ainda que sua alma e seu coração tenham se tornado ruína.

Jô viu Fábio rastejar. Um homem que ela conhecia de toda a vida, que sempre admirara por sua maturidade, sua competência, sua praticidade, até por sua beleza, esse homem que um dia ela disse ser o seu homem, esse homem desabou aos seus pés. Ao ouvir da boca macia de Jô o anúncio duro da separação, Fábio primeiro ficou pasmado, boquiaberto, decerto incrédulo. Em seguida, ao constatar no rosto dela que ela falava a sério, seu próprio rosto se desfigurou, suas belas feições de homem maduro se desmancharam ali mesmo, na frente de Jô, e ele tentou falar e não conseguiu e baixou a cabeça feito um cordeiro que aceita o abate, e seus joelhos afrouxaram como se tivessem se desarticulado, e ele todo desmoronou. Fábio ajoelhou-se aos pés de Jô. Deslizou rente ao corpo dela e fincou as rótulas na areia. Agarrou-se aos seus quadris e, pusilanimemente, abjetamente, vilmente, implorou:

– Não! Não! Por favor, não!

Jô olhou para os lados, temendo que houvesse testemunhas daquela cena tragicômica, mas a praia continuava vazia.

– Fábio – disse, tentando puxar-lhe pelos ombros. – Levanta. Levanta!

– Não, Jô! Não! – ele repetia.

Naqueles segundos, uma onda de sentimentos conflitantes a assaltou. Jô sentia vergonha pela possibilidade de outros os flagrarem naquela situação e sentia vergonha por ele, Fábio, estar se humilhando. Não podia concordar que um ser humano se pusesse de joelhos diante de outro ser humano. Não se o motivo da genuflexão fosse a súplica. Aceitaria um homem ajoelhado a seus pés para lhe declarar amor, para lhe declarar um poema apaixonado, para beijar sua mão. Para pedir que não o abandonasse, isso não. Sobretudo um homem com quem partilhara a vida inteira, um homem que respeitava, pai de seus filhos. Não queria ver Fábio assim prostrado.

Mas ao mesmo tempo...

Ao mesmo tempo, o seu instinto de fêmea exultava com aquele abate, com um macho desfeito ante ela, com seu poder de mulher testado e comprovado. Ela era capaz de fazer aquilo. Ela era capaz de dominar um homem até transformá-lo em um verme.

Transformar um homem em um verme... Era uma nova delícia que experimentava nesta nova fase de sua vida. Pena que a vítima era o próprio marido, mas, Jô tinha de admitir, era um prazer inédito que a invadia. Olhou para ele ali embaixo, no subsolo da dignidade, e pensou: se eu quiser, posso empurrá-lo com a ponta de meu pé, e ele vai ficar estendido na areia, e então posso pisar no pescoço dele, posso mandar que ele beije e lamba a sola do pé que o derrubou, posso pedir que ele me siga de quatro, como um cachorro. Isso!, concluiu Jô. Um cachorro! Posso fazer de um homem um cachorro!

Essa ideia a fez sorrir por dentro, preencheu-lhe a alma, tornou-a maior do que nunca. E também fez surgir outro sentimento em seu peito: o desprezo por aquele homem que implorava por seu amor. Essa a palavra: desprezo. De alguma forma, Fábio mostrava ali que sempre a enganara. Ela pensava que tinha um homem forte ao seu lado, um homem com quem pudesse contar, que a protegesse, que lhe desse apoio e sustentação. Mas, não. Ao se humilhar, Fábio demonstrava ser um fraco. Como podia esperar fortaleza de um homem que se ajoelhava e balbuciava frases desesperadas como Fábio estava fazendo naquele momento? Sim, porque era o que ele estava fazendo.

– Jô, não, Jô... – repetia. E tartamudeava: – Não, por favor, eu não quero, eu te peço, por favor...

Nem sequer conseguia articular uma frase! A pena de Jô metamorfoseou-se em repulsa. Com uma impaciência quase feroz, ela ordenou:

– Levanta, Fábio! Levanta!

Como ele não se levantasse, ela valeu-se mais uma vez de seu poder. Falou como se fala com uma criança desobediente. Ou com um cachorro:

– Levanta, que eu estou mandando!

E Fábio se levantou.

De novo de pé, ele olhou para ela, e ela viu que havia lágrimas em seus olhos. Jô suspirou. A piedade retornou aos poucos ao seu coração.

– Para, Fábio – pediu, com a voz novamente suave. – Para...

– Jô... – disse ele. – Jô... – repetiu. – Você não pode ir embora. E os nossos filhos? O que aconteceu? O que você quer que eu faça? O que você quer para ficar em casa? Você está apaixonada por essa Karina? Não pode, você mal a conhece... O que é, Jô? O que foi? Você agora gosta de mulher? – segurou-a pelos dois cotovelos, ainda suplicante. – O que é? O que aconteceu? É sexo, Jô? Está faltando sexo na sua vida?

Jô olhou para o mar. Não esperava por aquele tipo de diálogo. O que devia fazer? Queria sair correndo dali.

– Jô – continuou Fábio. – Se é sexo que você quer, olha Jô, tenho uma proposta para fazer.

Jô voltou o rosto para ele. Proposta? Que tipo de proposta Fábio faria? Seria o que ela estava pensando? Não podia ser. Fitou-o, curiosa. O que estaria passando pela cabeça dele? Que homem era aquele que a segurava pelos braços, choroso, lamuriento, pidão, e agora prestes a fazer uma proposta de fundo sexual? Jô não falou. Esperou. Quando Fábio enfim fez sua proposta, ela mal acreditou no que ouvia.

Capítulo 17

As palavras emergiam vagarosas da boca de Fábio, as sílabas escandidas, as frases bem pontuadas. Eram palavras sobre as quais ele já havia refletido, via-se. Palavras que se lhe tinham revirado e fermentado na cabeça durante muito tempo. Não eram casuais. Jô se surpreendeu com essa premeditação. Não fazia ideia de que o marido pudesse pensar esse tipo de coisa. Ele parecia sempre tão direto, tão convicto da própria vida... Mas de imediato Jô compreendeu que era ingenuidade da parte dela acreditar que alguém tinha tantas certezas assim. As pessoas estão sempre em dúvida sobre a vida que estão levando, sempre desconfiam de que a diversão está acontecendo em outro lugar. Fábio também devia alimentar as suas angústias, só que não falava delas.

– Não quero ser hipócrita, Jô – começou ele. – Mas às vezes a gente é obrigado a ser hipócrita. A sociedade obriga. O casamento serve para a gente ter filhos e para criá-los. Basicamente é isso. É muito difícil cumprir essa tarefa sozinho, não é mesmo? Eu diria que é contra a ordem do mundo. Você já viu esses bandidos todos? Nenhum deles tem pai e mãe, família constituída. Claro que um homem que tem uma família constituída pode se transformar em um bandido. Claro. Mas, se você for ao presídio, vai ver: são todos homens que não têm pai. Ou que o pai abusou deles. Daí a importância do casamento, Jô... Mas o casamento também serve para a gente fugir da solidão. No casamento, a gente tem alguém com quem partilhar a vida. Alguém que vai se importar com a gente, que vai ouvir a gente. Um homem chega cansado do trabalho e sabe que em casa terá um lugar aconchegante para descansar, para tirar os sapatos e suspirar, sabe que poderá falar das coisas ruins do mundo para uma mulher compreensiva. Isso é o casamento, Jô. Isso são as coisas boas do casamento. Ou pelo menos é assim que deveria ser. É assim que a gente imagina que vai ser.

– Eu sei, Fábio, mas eu...
– Não me interrompa, Jô. Me deixe falar.

Jô suspirou. Achou que ele tinha razão. Que ele merecia pelo menos o direito de fazer um discurso, nem que fosse o último discurso.

— Tudo bem – concordou.

— Jô... – prosseguiu Fábio, pensativo, medindo com cada vez mais cautela o que ia dizer. – Você é uma mulher linda e é muito mais jovem do que eu. Sei que há vários garotões que fariam loucuras por você e...

— Isso não é problema, Fábio. Você é muito melhor do que qualquer garotão – atalhou Jô, e ela estava sendo sincera. Fábio era um homem atraente. A maturidade, inclusive, o tornava ainda mais atraente. Não era esse o problema, de fato.

— Para – disse ele, impaciente. – Deixa eu terminar.

Novo suspiro:

— Tudo bem...

— Jô, eu sei que você tem vontade de fazer... coisas... Ter aventuras... Não tem problema, eu também me sinto angustiado, às vezes. Porque, afinal, a gente quer ter tudo, não é? Quer ter a segurança e o conforto de um lar e quer ter uma vida excitante, em que tudo pode acontecer. Eu sei que é assim.

Jô estava levemente surpresa. O marido até que havia resumido bem a situação.

— Bom, Jô – ele prosseguiu. – O problema é que amo você, amo a nossa família e amo a vida que a gente tem em comum.

— Eu também, Fábio... – mais uma vez, ela estava dizendo a verdade absoluta, embora parecesse contraditória.

— Então, Jô, é com esse amor que eu digo a você que não me importo que você saia de vez em quando. Não me importo que você faça uma viagem uma vez por mês, por exemplo, e passe uns dias com sua amiga Maia, ou até com essa Karina, que, eu reconheço, Jô, eu estou vendo, ela é mesmo linda, e é uma mulher desejável.

Por uma parcela de segundo, Jô sentiu-se desconfortável com aquela observação do marido. Será que ele desejava Karina? E, se desejasse, será que ela, Jô, estava sentindo ciúme? Ciúme do homem de quem queria se separar??? Outra coisa a incomodava: Fábio parecia convencido de que ela se tornara lésbica. Será que teria de falar sobre isso? Não queria falar disso.

Não precisou, porque Fábio não cessou com o discurso.

— O que eu te proponho é isso, Jô: proponho que você faça o que quiser, desde que faça longe de mim, desde que eu e as crianças não saibamos de nada. Que você tenha a sua vida privada e intocada durante um ou dois dias por semana, durante suas férias, durante alguma viagem. Mas não vamos nos separar, Jô. Por favor. Nós construímos uma vida em comum e acho que precisamos fazer alguns sacrifícios para mantê-la. Não perguntar nada e não querer saber é o meu sacrifício. O que você acha, Jô? Diz agora.

Assim, Jô estava confrontada com essa proposta. Seu próprio marido dizia que toleraria suas infidelidades, desde que ela continuasse morando com ele. Ou seja: ele aceitava partilhá-la com outros, mas não queria ficar sabendo de nada. O que exatamente significava aquilo? O que Jô deveria sentir? O que deveria fazer? Não era uma decisão tão simples quanto parecia.

Capítulo 18

Jô não falou. Ficou algum tempo de pé, tentando se imaginar no esquema proposto pelo marido. Enquanto os pensamentos tomavam forma em sua cabeça, a irritação foi dominando-a, foi se adonando de sua alma, até se transformar em algo próximo da raiva. Porque, em resumo, a ideia dele, se colocada em prática, faria dela uma vagabunda vulgar e dele um corno manso. Se Fábio não descobrisse as suas traições, ou fingisse não descobrir, ela aceitaria ficar com ele. Mas como ficar com um homem que, mais do que concordar, espera que ela saia de casa para se entregar a outros homens? Se este fosse o acordo original, se ao se casarem estivesse acertado de alguma forma, implícita ou explícita, que ela teria liberdade sexual, se desde o princípio fosse assim, tudo bem, ela podia conviver com isso. Mas não depois de um relacionamento tão antigo, regulado por normas tão tradicionais, um relacionamento que gerou filhos e uma casa e toda uma estabilidade burguesa. Ah, não!

Mas ao mesmo tempo...

Ao mesmo tempo...

Jô começava a sentir algo diferente em relação ao marido, ao casamento, a toda aquela situação. Precisava pensar mais um pouco, precisava decidir o que fazer. Tinha que ganhar tempo. Olhou nos olhos de cordeiro de Fábio e disse:

– Vamos voltar para casa agora.

– Mas a minha ideia, Jô? O que você achou da minha ideia?

– Falamos depois sobre ela, certo?

– Certo...

Caminharam lado a lado, em silêncio. Jô percebia que Fábio estava angustiado com a situação, mas ela não pretendia diminuir essa angústia. A cada passo ela ficava mais decidida, a cada passo compreendia mais o que estava sentindo. Quando chegaram em casa, Jô anunciou que ia se recolher. Foi para a cama. Dormiu um sono sem sonhos. No dia seguinte, não falaram mais no assunto. Volta e meia, Jô notava o olhar aflito que Fábio lançava em sua direção, mas ele não se atrevia a perguntar nada. Ele apenas calava.

Karina e Lucas não agiram diferente. Como Jô se manteve à distância, ninguém ousou se aproximar.

Nada mais aconteceu no fim de semana.

Mas a segunda-feira chegou.

Fábio foi trabalhar.

As crianças foram à escola.

Jô ficou sozinha.

Então, ela cometeu uma loucura absoluta. Algo que ela não se imaginava capaz de fazer. Não havia planejado nada daquilo. Apenas teve a ideia e fez.

Fez.

Ligou para Lucas. Não disse alô. Disse:

– Quero que você venha aqui agora.

– Como?

– Aqui. Agora.

E desligou.

Último capítulo

Jô, o que a movia naquela manhã era uma espécie de fúria existencial. Caminhava pela casa feito uma felina, agindo mais por instinto do que por premeditação. Intuía o que fazer, sentia antes de pensar. Queria chegar ao fim. Queria descobrir toda a extensão do seu poder e até que limite este poder seria capaz de levar um homem. Queria descobrir, também, até que limite ela própria seria capaz de avançar. Aprendera, em suas aventuras recentes, que uma bela mulher é um ser repleto de possibilidades. Mas também aprendera que isso não basta. Uma mulher, além de ser bela, precisa ter opinião, e uma linda mulher munida de opinião pode ser muito perigosa. O quanto ela podia ser perigosa? Quanto podia afetar os outros e a si mesma? Estas questões ela pretendia desvendar naquela manhã.

E as desvendaria.

Ondulando sozinha pela casa, Jô era uma predadora prestes a saltar sobre sua vítima, uma leoa se esgueirando pelo capim alto em direção aos gnus que bebiam água no leito do rio. Estava vestida com uma camiseta regata que mal lhe cobria as nádegas, e nada mais. Nem calcinha, nem calçados, nada. Foi assim, seminua, que recebeu o seu gnu. Abriu a porta ao toque da campainha e detrás dela surgiu um Lucas imponente e belo como uma escultura de Michelangelo, sim, mas olhando-a com olhos assustados, como se tivesse que temê-la.

E tinha.

Jô mandou que entrasse sem dizer palavra, com um gesto de cabeça. Notou que Lucas engoliu em seco ao ver como ela estava vestida.

– Jô – balbuciou ele.

– Senta ali – ordenou ela, apontando para uma poltrona na sala.

Lucas calou e obedeceu.

Jô sentou-se numa poltrona colocada exatamente em frente.

– Agora – começou ela. – Você vai fazer o que eu mandar, sem falar nada, entendeu? Não quero ouvir o som da sua voz.

— Jô, eu...

— Não quero ouvir o som da sua voz!

Ela falou num tom que não permitia contestações. Era uma sargenta de coxas nuas. Lucas abriu a boca, um soldado raso, e assentiu com a cabeça.

— Lucas, meu cunhadinho... — a voz dela tornou-se ronronante. — Você vai me obedecer — enquanto falava, Jô abria as pernas lentamente. — Vai fazer tudo o que eu mandar. — Abriu mais um pouco... Lucas, aboletado na poltrona em frente, baixou os olhos para o entrepernas de Jô e remexeu-se como se estivesse sentado num espinheiro.

— Você vai fazer o seguinte, cunhadinho — Jô sussurrava, sentindo o prazer do pecado lhe pulsar no peito. — Você vai cair de quatro no tapete e vai se arrastar até aqui — abriu bem as pernas, abriu-as de maneira que ficasse exposta como jamais ficara em sua vida. Lucas olhava para ela e respirava com dificuldade. Não era a Jô que ele conhecia que estava ali. Não era a sua cunhada com quem brincava feito criança. Era outro ser.

Era uma fêmea.

Hesitou. Remexeu-se mais uma vez na poltrona. Fez menção de se erguer. Gaguejou:

— J... Jô...

— Cala essa boca e vem — mandou Jô, completamente aberta, ela própria arfante, sentindo-se uma vagabunda, sentindo-se um bicho.

— Vem! — ordenou de novo.

E ele se pôs de pé.

— De quatro! — mandou Jô. — Eu disse de quatro!

E Lucas, percebendo que não podia fazer nada, senão obedecer, dobrou os joelhos e os espetou no chão e levou as mãos à frente e ficou de quatro.

Jô sorriu.

— Agora vem, meu cachorro!

E ele foi. Percorreu os metros que havia entre as duas poltronas de quatro, como se fosse mesmo um cachorro, e Jô repetia:

— CACHORRO! CACHORRO!

E ESCANCAROU O SORRISO E ESCANCAROU-SE TODA AINDA MAIS DO QUE JÁ ESTAVA ESCANCARADA E, QUANDO ELE A ALCANÇOU, ELA TOMOU NAS MÃOS UM TUFO DOS CABELOS DE SUA NUCA E GUIOU-LHE A CABEÇA PARA O MEIO DAS PERNAS DELA, PARA O SEU CENTRO.

NÃO PERMITIU QUE ELE TIRASSE AS MÃOS OU OS JOELHOS DO CHÃO. ASSIM, DE QUATRO, OBRIGOU-O A SATISFAZÊ-LA.

E ele a satisfez.

Jô compreendeu que o gozo intenso que a percorreu, um gozo de ondas e convulsões, foi devido mais ao estado de excitação dela do que à habilidade dele, mas, ainda assim, reconheceu que Lucas se empenhou na tarefa. Quando ela enfim se sentiu saciada, recuou na poltrona, recolheu as pernas e falou:

– Certo, Lucas. Pode se levantar agora.

Lucas se ergueu. Estava ofegante, vermelho, desgrenhado. Jô sorriu. Achou graça um homem ficar naquele estado.

– Jô, você é... – ele começou, mas ela o interrompeu com um levantar de mão.

– Para! – mandou. Era ela quem mandava.

Ele parou.

Jô pulou da poltrona. De pé, puxou pudicamente a camiseta para baixo.

– Vai embora – disse, sem nem olhá-lo na cara.

Lucas passou a mão pelos cabelos, tentou se aproximar. Repetiu, pela enésima vez naquela manhã:

– Jô, eu...

– Vai embora! – ela quase gritou. – Vai! – repetiu, e apontou para a porta.

Outra vez vacilante, Lucas moveu-se em direção à saída. Ainda tentou um gesto de aproximação, virou-se para ela, mas ela continuava inflexível, tesa, uma estátua de determinação. Percebeu que não ia demovê-la de nada, que era ela quem estava no comando.

E mais uma vez obedeceu.

Em silêncio, cabisbaixo, quase humilhado, Lucas se retirou. Deslizou para fora, fechou a porta suavemente e desapareceu. Jô continuou por alguns segundos parada de pé no meio da sala, sem pensar, apenas tentando entender o que sentia.

O que sentia não era bom.

Não sabia exatamente o que era, mas sabia que não era bom. Dentro dela crescia um certo desprezo pelas pessoas, pela obviedade do mundo, pela dessacralização da vida, por ela própria.

Sentou-se na ponta do sofá, sentindo os olhos marejarem. Atirou-se ao comprido e permitiu que o pranto lhe subisse pelo peito. O que havia acontecido, o que estava acontecendo com ela naquele momento? Será que fora longe demais? O que seria de sua vida?

Jô sabia que agora era outra, não era mais a mulher que, havia menos de dois anos, decidira sair sozinha pelo país. Saíra para se tornar quem era, e se assustava com o que havia se tornado.

Podia ser feliz agora? Podia usar o seu poder para o bem? Para lhe fazer bem e fazer bem aos outros?

Jô ainda tinha muito a descobrir.

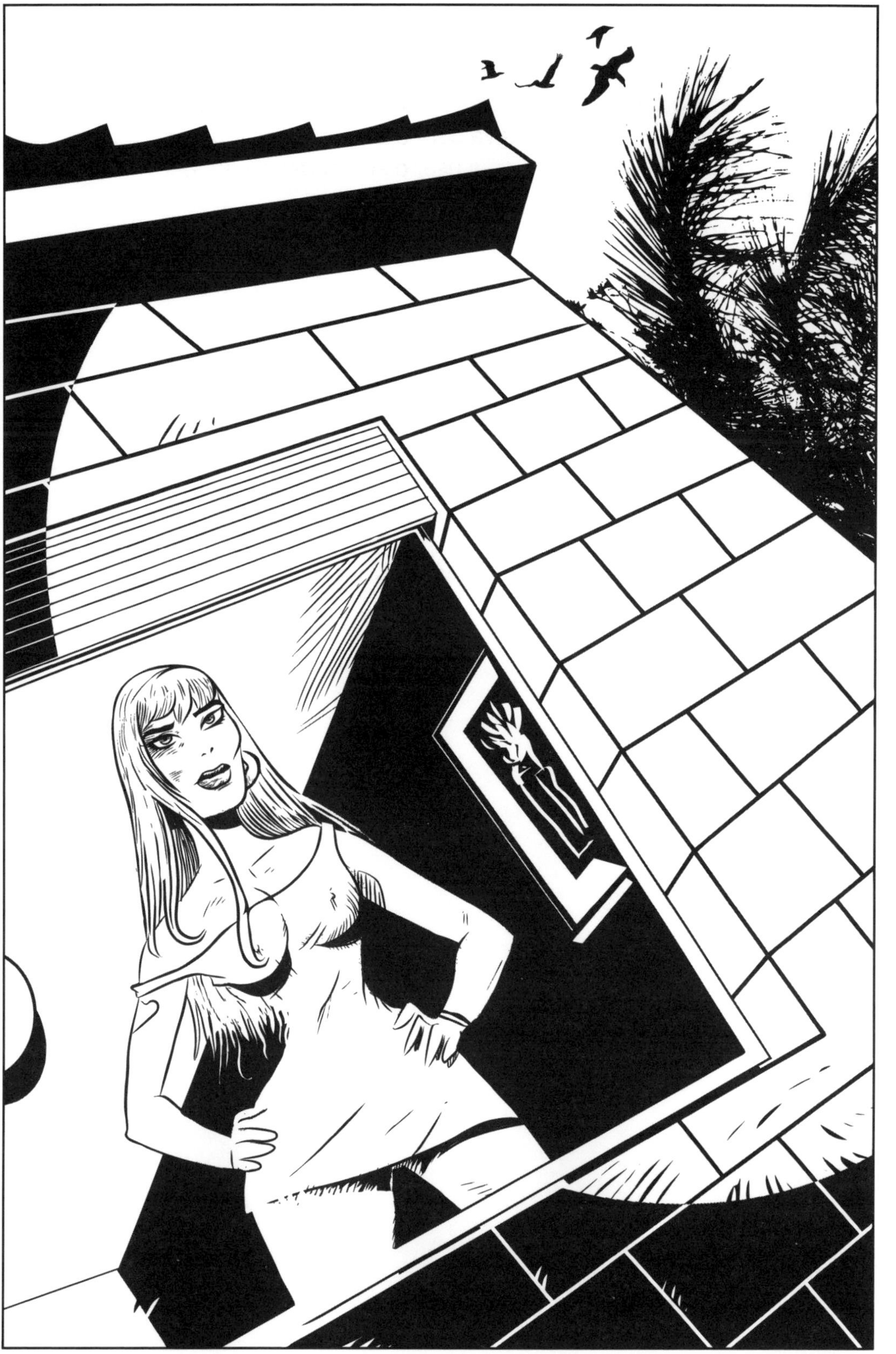

IMPRESSÃO:

Pallotti
GRÁFICA EDITORA
IMAGEM DE QUALIDADE

Santa Maria - RS - Fone/Fax: (55) 3220.4500
www.pallotti.com.br